リリーナ・
アシュレイ
マリアンヌ

ミチオ・T・
ウィンクード
カノープス
アリエッタ
エルアリリー・
サタニエル
ヨルシア・
ベルフェゴール
マリエッタ

デビダン！

目指せダンジョンニート物語　2

バージョンF

ぶんか社

CONTENTS

第一章　愛の爆弾

「なぁ、リリーナ」

「マスター、どうしましたか？」

「どうして冒険者と呼ばれる連中はこうも飽きずにうちのダンジョンに来るんだ？」

　単眼魔人《アーリアマン》のファマトをダンジョンバトルで下してから十日ほどが経った。その間、冒険者たちは途絶えることもなく現在もウチのダンジョンに来ている。ダンジョンの存亡を懸けた戦いが終わっても、冒険者との戦いは終わらないらしい。これ如何《いかが》なものか？

　そんな俺の疑問にも、一級秘書官である女夢魔《サキュバス》のリリーナはさらっと答えてくれる。

「そうですね。考えられる理由としては、マスターの悪名が広まってることが考えられます」

「悪名って……。俺、そんな悪いことなんてしてないぞ？　基本的に戦闘を仕掛けてくるのは人族の奴らだし。正当防衛してるだけじゃん!!」

「だとしてもです。人族の連中から見れば私たちは敵なのです。戦う理由なんて必要ありません」

「おいおい……、見境なしかよ。ひでぇ話だな」

「それにマスターの悪名が広まるのも仕方ありません」

「はぁ？　なんでだよ！」

　なぜかリリーナがジト目で俺を睨《にら》んでくる。

　あれ？　俺なんかおかしなこと言っただろうか？

「はぁ……。マスターがわかっておられないようなので説明しますけど、マスターはこのダンジョンの生存率いくつか知ってますか？」

「生存率って、冒険者がこのダンジョンから生き延びて出ていく確率だよな？　えっ？　三〇％くらいじゃないのか？」

「……〇・四％です」

「は？　ちょっと待って。意味がわかんない。なんで小数点から始まるんだよ!!」

「基本、うちのダンジョンに侵入してきた冒険者はほぼ殲滅《せんめつ》しております。中にはレベルが高く強い者もいますが、それらはなぜかマスターが率先して倒してますよね？　ほんとやめてもらいたいのですがダンジョンとしては最小限の被害で済みますし、何よりマスターが仕事しますので、もう何も言いませんが」

たっ……確かに。つい先日まで、夥《おびただ》しい数の冒険者が侵入してたからなぁ。あまりの忙しさに途中で戦力配置を考えるのが面倒くさくなって、俺が直《じか》にレベルの高い冒険者たちを相手したことがある。あいつらまぁまぁ強くてゴブリンたちじゃあ相手にならなかったからしょうがなくね？

「それに、あの聖騎士事件です。あれがトドメですね。マスターの正体もバレましたし、人族にとってウチは脅威の塊です。冒険者や騎士団が来て当たり前です」

「はっ!?　騎士団も来てんの!?」

「現在進行形で来てるでしょーが!!　今更、何言ってるんですか！　既にゴブリダさんが相手をしてます!!」

「やべぇじゃん！　すぐ倒そうぜ！　ゴブリダたち、間引きされちまう!!」

「マスター……あの、大丈夫ですよ？　うちの黒鬼騎士団《ゴブリンナイツ》強いですから。それに新設された狂戦士団がいい仕事してますので被害ゼロで抑えられると思います。マスターが出ずともオペレーター対応で問題ありません」

そっか！　ゴブリダの奴、進化して黒鬼騎士団をまとめる黒鬼騎士長《ゴブリンナイトリーダー》になったんだっけ？　ゴブリンでありながら魔剣持ちというまさに鬼仕様。ゴブリダは俺のダンジョンに住み着いた記念すべき初めての眷属《けんぞく》だ。始めは使い走りにと思っていたが、それが今では上位魔族と同じCランクだもんなぁ。あいつ強くなりすぎだろ。腰蓑時代が懐かしいわー。

それはともかく、狂戦士団って確かルルの作った呪いの装備で身を固めたゴブリンたちのことだよな。あいつら妙にハイテンションになって、鳴き声もヒャッハーに変わってるし。なぜに世紀末!?　位階もゴブリンバーサーカーだし……呪いで進化って……。進化の仕方がエグすぎる!!

つかルルの奴、ゴブリンたちに変な薬とか投与してないよね？　うちの魔猫精《ケット・シー》のルルは見た目はただの幼女だが凄腕の錬金術師である。鍛冶神の加護持ちで、その内容は『強制呪い付加』一〇〇パーセント。マッドサイエンティスト採用試験があれば書類審査で合格するという末恐ろしい子だ。

「じゃあ、リリーナ。その二隊が出ているなら俺は何もしなくていいんだな？」

「はい、今のところ問題ないので大丈夫です」

「わかった。じゃあ、それならちょっと部屋で寝てくるわ」

――ギリギリギリギリギリ（アイアンクロー締め付け音）。

「痛《いだ》だだだっ!!　嘘です、嘘です！　ここでちゃんとダンジョンチェックしてます!!　いや、させてください！　だからリリーナさん、手を離してくださいっ!!　コメカミ爆発します!!」

あまりの痛さに息をするように嘘が出る。というか、リリーナの握力いくつあんだ？　軽くオリハルコンとか握り潰せるんじゃね？　リアルでハンドパワーを使うのやめて頂きたいんですけど？

俺が苦肉の策で目を開けて寝ようと試みるが、タイミング悪くマスタールームにエリーが入ってきた。しかも満面の笑みで。うわぁ……、もう既に地雷臭がプンプンする。

嫌な予感とは当たるもので、早速エリーが俺に爆弾を投下してきた。

「ヨルシア、お主《ぬし》は相変わらず暇そうじゃのう！　そんなに暇なら妾《わらわ》にも役職を付けてたもれ」

エリーが突然よくわからないこと言い出したが、リリーナから仕事を振られるよりかはマシなので、俺は事情を聞くことにした。

⌘

「なるほど。リリーナやルル、ゴブリダ、ケロ君には役職があるのに自分だけそういうのがないから不満だということか？」

「そうじゃ！　妾も役職が欲しいのじゃ!!　妾もこのダンジョンメンバーの一員ではないか！」

この幼女は何を言っているのだろう？　あんた暗黒神だろというツッコミをすべきなのか？

俺もエリーと気軽に呼んでいるが、魔界に住んでたら既に俺の首はない……。ちゃんと本名である『エルアリリー・サタニエル様』と崇《あが》めなければならないのだ。俺のダンジョンに入り浸り、駄女神になりつつあるが、本当はもの凄ーく偉い神様なのだ。

だから、まずは優しく諭《さと》してみよう。エリーはリリーナと違ってＤＶをしないもんね！

「あの、エリーさんや？　君は魔界の神様だよね？」

「そうじゃ！　週一でちゃんと称《たた》えぬと神罰を下すぞ？」

あっ、そこは週一でいいんですね。マスタールームには、ちゃんとエリーを祀《まつ》った神棚を設置しており、リリーナが毎日手を合わせてるからそれは問題なし！　まあ本人、降臨してるからそれ意味なくね？と思うが、リリーナに怒られそうだからツッコミは入れない。

「じゃあ、役職も暗黒神とかでいいんじゃね？」

「嫌じゃ、嫌じゃ‼　それだとヨルシア一味の仲間ではないではないか！」

一味って。そんなどっかの海賊じゃないんだから……。

「ちゃんと役職を考えてたもう！」

「うーん……、エリーは一応神様だからなぁ。役職を付けちゃうと、後で俺が本部の偉いさんに怒られないか？　魔界の象徴に変な役職付けないでくださいって」

「心配するでない！　文句を言う奴がいるなら、妾の力で一族ごと消すから問題ないのじゃ！」

エリーがさらっと怖いことを言ってくる。一族ごとって……。

「マスターいいではありませんか。エリー様もうちのダンジョンの一員っていう『しるし』が欲しいだけだと思うんです。エリー様に何か付けてあげましょうよ？」

「おぉ！　さすが、リリーナじゃ！　妾の気持ちをようわかっておる。のう、ヨルシアよ？　早《はよ》う妾に役職を付けてたもれ！」

おふっ……。リリーナがエリーの味方をし始めた。チーム女子は結束が強くて困る。というか考えるのマジ面倒くせえんだけど？　パパっと何か適当に付けて終わらせるか。

「じゃあ、生き物係なんてど……」

――ブォォォォォン……。

俺がそう言い切る前に、エリーがスッ……と、ドス黒いオーラを身に纏《まと》った。

その纏うオーラは禍々《まがまが》しい憤怒《ふんぬ》の鬼神で、凄い形相で俺を睨みつけてきた。しかも小声で「やんのか？　おん？　おん？」とまるでチンピラのように因縁をつけてくる始末だ。てかね、また近くにいるだけで肌がピリピリと痺《しび》れるんだけど？　これ殺す気だよね？　俺を殺す気で来てるよね？

しかし冗談抜きでヤバい。このままだとマジで俺、処される!!　エリーってこんなにも怒りっぽい性格だっけ？

リリーナよりもリアルに処される未来が視《み》えるんですけど？　ヤバイヤバイヤバイ、何か出せ俺っ!!　このピンチを乗り切るんだ！

「エリー落ち着け、ほんの冗談だ！　ちゃんとエリーに相応《ふさわ》しい役職を考えてるって！　なっ？」

「……ヨルシア、ほんとじゃろうな？」

「ほんとだ！　マジだ！　信用しろって!!」

するとエリーがオーラをシュンっと消し去った。

……ふぅ、命拾いした。リリーナ以上にエリーは怒らすとまずいな。肝に銘じよう。下手すると、簡単に処される。しかも一瞬で。

何かエリーに相応しい役職はないのか？　可もなく不可もなくお飾りだけの役職。

ふっ……、ないな。つか、あれば逆に俺がなりたい!!　ああーー、面倒くせぇーー!!　なんで命を懸けて人の役職なんて考えなきゃいけねぇんだよ!!　こんな時に相談できる人がいたら

なぁーー!!　でも俺、友達いないから無理ですけどねっ!!　……あれ？　なぜだろう？　目からしょっぱいものが溢れてくるな。

　でも待てよ……相談？　相談!!　いいじゃんコレ!!

「エリー、お前に相応しい役職を考えたぞ！」

「なんじゃ、なんじゃ！　早く教えてたもう！」

「マスター、変な役職だと次は本当に消されますよ？」

　さらっとリリーナが怖いことを言ってくる。大丈夫だ。変じゃないはず。

「エリーの役職は【ダンジョン運営特別相談役】だ!!　どうだ？」

「いっ……」

　い？　その次は何？　嫌なの？　ねぇ、嫌なの？　俺、処されるの？　しっ、死ぬの嫌ぁーー!!

「いいではないかぁーー!!　【ダンジョン運営特別相談役】じゃと!?　超カッコいいのじゃ!!」

「エリー様、素敵な役職を付けてもらって良かったですね♪」

　エリーが目をキラキラさせて「相談役♪　相談役♪」と言いながら俺に抱きついてくる。

　なっ……、なんとか乗り切れた。もう役職付けなんて二度と御免だ。ストレスが半端ない。

　と、いうわけでエリーが今日からウチの【ダンジョン運営特別相談役】に就任した。

　いるよね、肩書に拘《こだわ》る人。俺はお願いされても肩書なんていらんけどね。

⌘

エリー役職事件から一週間ほどが経った。

今日も俺はマスタールームでグダグダと過ごしている。ただモニターを眺めるだけの毎日。そんな俺に比べ、リリーナやオペレーターのサキュバスさんたちは相変わらず忙しそうだ。

ふと、一階席を覗き込むとシャーリーと目が合った。こちらを見て笑顔で手を軽く振ってくれたので、俺もシャーリーに振り返してあげる。誰かさんと違ってええ娘《こ》やなー。

「……マスター？　何してるんですか？」

背後からリリーナに声を掛けられたのだが、その声に怒気が含まれてるのは気のせいだろうか？

つか、いきなり機嫌悪いんですけど？

「いえ、何もです!!　リリーナさんこそどうかしましたか!?」

「……別に」

おいおい……なんで某女優のような不機嫌MAX対応なんだよ!!　俺なんかしたー!?

「……もういいです。それよりもマスター、一階層に野良のモンスターが増えてきましたが、このまま放置でよろしいのでしょうか？」

「そうだな。とりあえず放置でいいんじゃね？　ダンジョンに害はないんだろ？」

一階層に野良のモンスターが棲み着き始めて早二週間。そこにはちょっとした生態系が出来上がっていた。蝙蝠《こうもり》、猪、狼、熊、蛇、蜥蜴《とかげ》系といった魔物がそれぞれ縄張りを作っているのだ。

二階層に降りてくるバカな魔物たちはゴブリンたちがおやつとして美味《お い》しく頂いている。魔素が濃いため繁殖率も高く、冒険者たちにある程度狩られてもその数は一向に減っていかない。

しかし問題もあった。

最近では、その魔物を狩るためだけにダンジョンに侵入してくるハイエナのような冒険者たちがいるのだ。それによってこのダンジョンの生存率は上がり、素材狩りを目的とした冒険者集団が来るようになってしまった。このままではせっかくダンジョンにできた生態系を壊し兼ねない。

正直言って自分でこいつらを処理しに行くのは超面倒くさい。というかやりたくない。だが、冒険者を放置しておくのもこれまた面倒くさいことになる。

そこで白羽の矢が立ったのが、うちの新人メンバーである蛙人族《フロッグマン》のケロ君だ。本名はパケロ・シュレーゲル。なんと魔王の血筋であるエリート魔族だ。

以前、ケロ君はファマトにダンジョンバトルで負けてしまい、その眷属を全て奪われてしまった。しかし俺がそれを取り戻したことにより、彼の俺への忠誠心がサウナ上がりの血圧のようにグングンと上昇中である。ゴブリダの次に高いと言っても過言ではないだろう。

それにケロ君の実力を知るいい機会なので、大量に魔物狩りをしている冒険者だけを狙って処理してもらうことにした。ケロ君も俺から仕事を任されたせいかとても嬉しそうである。

殺《や》る気満々のケロ君の技は凄《すさ》まじく、正直見ていたモニターの前で興奮してしまったほどだ。だって、ケロ君が斬られたと思ったら、次の瞬間それ丸太だったんだぜ？　しかも、ゆっくりトコトコ歩くだけで何人にも分身してくし。俺としてはなんじゃこれですよ。

一番凄かったのは背中に背負ってる和傘だ。実はこれ暗器《あんき》だったんですよ。しかも仕込み刀。バッと傘を広げて冒険者の視界を奪ったと思ったら、冒険者たちの首が次々と宙を舞ってる。

死角からの一撃必殺。まさに忍び。ケロ君パネェ。

「なぁ、リリーナ？　こころなしかダンジョンに入ってくる冒険者たち増えてないか？　もしかしてこれって、また外に集落でも作られてるパターン？」

「かもしれませんね。人族の連中のしぶとさは生活魔蟲《ゴキブリン》以上ですから。気になるようでしたらパケロさんの眷属に斥候《せっこう》を依頼しますか？」

「えっ？　そんなことできんの？」

「はい。忍び衆【睡蓮《すいれん》】は斥候や暗殺を得意としてる部隊ですので、マスターからの依頼とあれば喜んで動いてくれることでしょう」

何それ？　めっちゃカッコいいんですけど？　暗躍する部隊ってロマンだよね。

「それにダンジョンから半径三キロ周囲であれば、斥候部隊の視覚をモニターリンクさせて表示させることもできます。以前のようにマスターがダンジョン外に出ていく必要もありません」

なぜか、リリーナさんにギロリと睨まれる。

怖っ!?　りっ……リリーナさん、やっぱり機嫌悪いのか!?

「じゃ……じゃあ、リリーナさん。早めに段取りするようケロ君に指示出して」

「かしこまりました」

こうして忍び衆【睡蓮】にダンジョン外の斥候を頼むこととなった。

⌘

翌日……。ダンジョンの入口付近に、今回ダンジョン外に探索に出る斥候部隊の忍び衆と忍び頭のケロ君が集まっていた。みんな忍び装束に身を包みやる気満々だ。そしてよく見ると桃色の装束を着た女の子もいた。

ほう、あれがかの有名な『くノ一』と呼ばれる忍びか。しかし、あんな自己主張の強い色の服を着て大丈夫なのだろうか？　隠密《おんみつ》行動するんだよね？

初めてのダンジョン外の探索。危険な任務なので、激励の言葉を忍び衆に掛けることにした。

俺がマスタールームから転移しようとすると、リリーナが顔を赤くし右手を前に出してきた。

ん？　リリーナも一緒に来たいのか？　つか、今更だけどリリーナも限定とはいぇ迷宮魔法が使えるじゃん。自分で転移できるんじゃね？と思いつつも口には出さない。なぜなら、きっと機嫌が悪くなるからね!!　俺は空気を読む男。そっとリリーナの手を取りダンジョン入口へと転移した。

俺たちが転移で現れると、忍び衆たちは片膝をつき頭を下げる。おぉ、めっちゃ忍者っぽい!!

今回、ダンジョン外に探索に出るのは忍び衆総勢十名。ケロ君イチオシの眷属だ。

「さて、任務はリリーナから聞いてると思うが、もう一度確認するぞ？　今回の任務はダンジョン周辺の探索だ。人族との戦闘ではない。調査に徹してほしい。万が一、冒険者たちと遭遇したらすぐ撤退するように！　いいな？」

忍び衆を見ると全員軽く頷《うなず》く。

いやぁー、なんか、こう気持ちいいものがありますな。闇の組織のボスのようで、もの凄く気分がいい。さぁ、最後に憧れのあのセリフを言わせてもらおう。

「……さ「ケロッ!!」」

「「……散《っ》ケロ!!」」

まさかのケロ君の掛け声と共に忍び衆は外へと飛び出していった。

「…………………」

「ど、ど、どどどど畜生がぁぁーー!!　ケロ君っ!?　それ、俺が言いたかったんだよ!!　君に悪意があるとは思えないが、せめてそれだけは言わせてほしかった。(白目)

⌘

ダンジョン外の探索を始めて九二日。あっという間に、忍び衆たちの探索は完了した。

俺はマスタールームでリリーナから調査報告を受けていた。というかマジで眠い。寝てやろうかと思ったが、永遠の眠りにつかされてはたまらないので渋々リリーナの報告を聞いている。

それにしてもさすがプロの斥候集団。仕事が早い！　彼らの報告を要約するとこんな感じだ。

まず、以前俺が破壊した人族の集落……、案の定復活してました。しかも魔物の侵入を防ぐ城壁ができていて以前よりも強固になっていた。塀の中にはレンガ造りの家屋なども多く、しっかりとした街となっている。ちなみに街の名前は『ウィンクード』と言うようだ。

忍び衆の調査によると、街には宿屋、酒場、冒険者ギルド、各商店施設、奴隷商館、挙句の果てには森を開拓して田畑ができていた。住人も冒険者や商人、奴隷などが多い。

「なぁ、リリーナ。一つ思ったんだが、なんであんなに早く集落が復興されてんだ?」

「おそらく人族の中に建設土木に特化した魔道士が複数いるのでしょう。それに異世界より持ち込まれた建築技術は脅威です。設計の簡略化、建物強度、三日でちょっとした村が出来上がります」

「マジかー……。じゃあ、俺がいくら潰しても駄目じゃねーか」

「はい。そして最近わかったことなのですが、人族がダンジョン一階層より棲息魔物の素材はもちろん、鉱石の採掘などを行いダンジョン資源の搾取《さくしゅ》を行ってました」

「泥棒やん!!」

ひとん家《ち》から物を盗《と》ってくって、人族の奴らどんな神経してんだよ!? そういえば泥棒の原点を聞いたことがあるな……。

とある国が召喚した勇者が、人様の家のタンスを勝手に開けたり、壺を割ったりし、挙句の果てには王城で管理している宝を盗みまくる世紀の大泥棒勇者の逸話《いつわ》を……。

あかん、それはあかんよ!! NO MORE ダンジョン泥棒!!

「マスター。人族たちがダンジョン内の採掘を始めたことにより一階層は徐々に広くなっているのですが、素材などはダンジョンインベントリーに入らず魔素なども回収ができません」

あっ、そうなの? ダンジョンは広くなってんのね。素材は持ってかれるけどダンジョンが広くなるならいいのか?

「きっとマスターのことですので、ダンジョン広くなってラッキーと思ってるのでしょうがそうはいきません」

ばっ……バレてた!? でも、ダメなのか?

「うちの魔鉱石は魔素を大量に含んでるため、持ち帰られると人族たちの手によって強力な武器へと作り変えられます」

「そうか。その武器を使ってうちのダンジョンに攻めて来られても厄介だな」

「はい。ですので、魔鉱石の採掘を行っている人族は集中的に倒していきます」

「なるほど」

　しかし、目と鼻の先に人族の集落があるから採掘を阻止しても、またすぐに違う奴が来て同じことしそうだ。これ意外とかなりマズい問題なのでは？　うーん、どーすっかな……。

「ヨルシアよ、お主にしては珍しく悩んでおるな？　どーしたのじゃ？　ダンジョン運営特別相談役の妾に相談してもいいのじゃぞ？」

　そう言いながら、ソフトクリーム片手にうちの相談役がマスタールームへとやってきた。

あの、相談役？　あんた自由だな!!　しかもどうやら風呂上がりのようだ。

　するとリリーナがエリーに今までの経緯を説明した。

「なんじゃ。そんなことか。そこは小さな街なのじゃろう？　だったら街に攻め入って支配地域にすればいいのじゃ！　侵略して人族を隷属させて支配下に置けば万事解決じゃ！」

　エリーがとんでもないことを言い出す。

「物騒だなっ!!　俺は戦争なんてするつもりはねーよ！　そんなことしたらますます人族どもに目をつけられるだろーが!!」

「しかし、支配地域を持てばヨルシアも魔王襲名の条件を得るのじゃがな」

「いや、だから魔王になるつもりはないってば！　何回も言うけど俺は引き篭もりたいのっ!!」

「でもマスター？　エリー様の提案ですが案外悪くないかもしれませんよ？」

「おいっ、リリーナ!!」

「何も、真っ向から街に攻め入って支配下に置かなくてもいいんです。街には必ず領主か代官がいますよね？　例えばその領主を操って裏から街を支配するのも一つの手ですよ？　そうすれば人族たちに気付かれず街を実効支配できます」

　何この人たち？　めっちゃ怖いんですけど？　なんでこうもやる気なのだろう？　でも考えようによっては、そこから冒険者たちの情報を得ることができるな。情報大事！　……うん。確かに面白そうだ。面倒だがやってみるか……。ウィンクードの実効支配を。

⌘

　急遽《きゅうきょ》、持ち上がったウィンクードの侵略計画。その作戦会議をするために俺、リリーナ、エリー、ルル、パケロ、ゴブリダが城の会議室に集まっていた。

　無駄に豪華な会議室。その中央には大きな円卓のテーブルが置かれ、それぞれが机を囲むように着席している。その円卓の真ん中には、立体ビジョンを投影するクリスタルが設置され、今回の問題のウィンクードの街が映し出されていた。

「さて、それでは皆さん会議を始めます。今回の議題はダンジョンのすぐ目の前にできた小さな街【ウィンクード】の侵略についてです」

　そうやって司会を進行するのは、もはや学級委員長と言っても過言ではないリリーナさんだ。やはりまとめ役をやらせると彼女は光り輝くな。ＤＶさえなければ文句はないのだが。

「では、現在までにわかっているデータを表示します。これがウィンクードの戦力データです」

　そう言ってリリーナが立体ビジョンにデータを表示した。

⌘

◇　◇　◇　◇　◇　◇　◇

街名：ウィンクード
（開拓村より発展）
人口：三百五十九人
領主：ミチオ・Ｔ・ウィンクード

冒険者ギルド
ギルド長：ロドック（ミスリルランク冒険者）
滞在冒険者数：七十六人

騎士団
騎士団名：レグニード騎士団
　第二十一番隊　現団員十六名
隊長：マーシー・フレニット（死亡）

◇　◇　◇　◇　◇　◇　◇

「以上が、忍び衆の皆さんに調べていただいた街のデータです。騎士団については、先日ゴブリダさんの部隊が侵入してきた騎士たちを殲滅してます。街に残ってる部隊に関しては、大した障害にはならないでしょう。しかし、街に滞在している冒険者たちが厄介です。ランクが高いのはギルド長含めて五人。全員がミスリルランクとなります。単独でもかなりの戦闘能力があり、連携までされると手のつけようがありません。万が一、遭遇した場合は集団戦に持ち込まれる前に撤退するのが望ましいでしょう」

なるほど。ミスリルランク面倒くせぇ。俺の心のメモに刻んでおこう。それにしても街の人口まで調べあげるとは忍び衆やるな!

「しかし、リリーナ。それを言うならば、ヨルシアも魔族にしては珍しくゴブリダたちに集団戦闘をさせておるぞ? ミスリルランクの冒険者がいようが、ヨルシアのスキル補正でゴブリダやパケロの眷属たちでも十分渡り合えるのではないか? 先日の騎士団戦が良い例じゃ! ゴブリダが倒した騎士団長もなかなか強かったが、数の暴力の前に屈したではないか!」

「はい。これがダンジョン内であれば地の利がこちらにありますので、高ランクの冒険者相手でも互角に渡り合えるかもしれません。しかし、今回はそうではなくダンジョン外での行動です。しかも目的は冒険者ではなく領主となります。基本、秘密裏に作戦を進めるので大きく目立つ行動はできません。ですので、基本は単独行動となります」

んー、だよなー。今回はあっちのホームグラウンドだ。戦闘になれば間違いなくやられるだろう。やっぱダンジョン外となると不利なんだよな。だから暗躍し、領主だけを狙う必要がある。

というかリリーナの口振りからすると、もう何か作戦でもあるのだろうか?

「なぁ、リリーナ。もしかしてもう何か考えてんの?」

「はい。実は先日ルルちゃんが面白い魔道具を作成したので、今回はそれを軸に作戦を立てようかと思っています」

「魔道具？」

思わず俺は聞き返してしまった。

ちなみに魔道具とは、何かしらのアビリティを付与された便利道具のことだ。魔力でお湯の沸くヤカン然《しか》り、魔力冷蔵庫然り。異世界人の持ち込んだ知識によって様々な便利グッズが日々生み出されている。そんな魔道具をうちのダンジョンで作ることができたのはちょっとした事件だ。ルルの進歩が目覚ましい。

「そうです。じゃあ、ルルちゃん。魔道具の説明をお願いね」

「はっ……はい！　お姉様！」

ルルが緊張しながらもそう返事をする。そして肩掛けカバンをおもむろに漁ると、ブレスレット型の魔道具を取り出した。禍々しくも真っ赤に輝くルビーを嵌《は》め込んだ一品だ。というか俺の想像と一八〇度逆の魔道具だった。

「これは、私が作成した呪いの腕輪の一つとなります。先日、ゴブリダさんからコランダム鉱石を頂いたので、試しに錬金してみたら【カースルビー】へと変化致しました。さらに【カースルビー】を媒体に、騎士団の人が持っていた【聖印の腕輪】を掛け合わせて作った物となります」

聖印の腕輪ってあれだよな？　精霊の加護を持つアイテムだっけ？　アビリティは物によって様々だけど、どれもレアなスキルを取得できるってヤツか。それにしても……。

「の……呪いの二重掛け＋聖印の腕輪っすか。これまたエグいな」

あまりのエグさに思わずポロっと言ってしまったが、ルルを見るとなぜか泣きそうだ。

あれ？　これはイカン!!　地雷踏んだ!!　貶《けな》してるわけじゃないよ!?

「いや……、ルルさん？　か……勘違いしては駄目だ！　これは褒《ほ》めてるんだ！　ルルは凄いなって！　普通、呪いの二重掛けなんてできないぞ？　それにこの腕輪のデザインセンス、マジ優秀！　ルルは魔界でもデザイナーとして名が広まるんじゃないかなー」

思わず、ルルをあからさまにヨイショしてしまった。リリーナのジト目が痛い。……これは仕方ないだろ？

「ところでルルよ。その呪いの腕輪の効力はわかっておるのか？」

「エリー様、それがまだ調べきれておりません。お姉様の【解析《アナライズ》】では、強力な呪いとしてしか調べられなくて……。そこでエリー様の【超解析《パーフェクトアナライズ》】で、お調べいただけないかと」

「ルルちゃんの言う通り、この呪いの腕輪の効力はまだ判明しておりません。しかし、従来で言えば呪いのアクセサリーは人族を操る物が多く、非常に強力なアイテムとなるはずです。エリー様、お願いできないでしょうか？」

「相分《あいわ》かった。妾の【超解析】で調べよう。ルルよ、魔道具をこちらへ持って参れ」

エリーがそう言うと、ルルが腕輪を持ってテクテク走っていく。

こうして見ると、二人ともほんとまだ子供だよな。知らない奴が見たら仲の良い友達だろうけど、中身は暗黒神と錬金室長だぜ？　近寄りがたし!!

「では、いくのじゃ！　【超解析】」

それにしても調べる能力っていいな。めっちゃ便利。俺も学生時代に魔法素質取っておけば良かった。でもまぁ、きっと途中で飽きて投げ出すだろうけど。単位取れなくて未取得みたいな。

……うん、笑えねぇ。

「ふむふむ……なるほどのう。この腕輪の効果がわかったぞ。これは装備する者を強制的に魔族に転生させる【魔堕ちの腕輪《デビルズリング》】じゃ。聖なる腕輪が呪いの魔力に侵食され、出来上がった非常に珍しいアイテムじゃな。錬金成功率も非常に低いぞ？　さすがはルルじゃ!!」

「エリー様、ありがとうございます！　嬉しいです♪」

「この腕輪にヨルシアの魔力を流し込めば、装備者が魔族に転生してもヨルシアの忠実なる眷属になるじゃろう。それにベースが聖印の腕輪じゃ。どんな強力な魔族へ転生するか楽しみじゃわい」

「へぇー、それってそんなに凄いアイテムなのか」

「じゃが、聖なる神の加護を持っている者や、悪魔の誘惑にも負けぬ心が強き者であれば、レジストされてしまう恐れがあるがのう。まぁ、しかし領主といっても所詮《しょせん》一般人。強力なレジストアイテムを持っていない限り魔族堕ちすると思うが」

やはり呪われたアイテムの効果は強力だ。しかも強制魔族転生って……パネェな。それにしてもこんな物騒な物を製作したルル。……なんて末恐ろしい娘!!（白目）

「じゃあ、あとはどうやってこの腕輪を領主に嵌めるかだな。ゴブリダたちだと目立つし、やはり暗躍するならケロ君か」

「主様、申し訳ありませぬ……」

……あっ、やっべ。ゴブリダを凹《へこ》ませてしまったかな？　ゴブリダの奴、最近さらに真面目に拍車が掛かってきたからな……。フォローでもしておくか。

「ゴブリダ。お前にはもっとハデに活躍してもらう。いつでも出撃できるように準備を怠るなよ」

「御意‼　主様のご命令とあらば喜んで‼」

適当なことを言ってしまったが、ゴブリダの士気が上がったから良しとしよう。気遣い大事。

「マスター、それではまずパケロさんの部隊に領主について詳しく調査をしていただきます。それでよろしいですか？」

「おう、ケロ君。よろしく！」

「ケロっ‼」

ケロ君が任せろと言わんばかりに胸をドンっと叩く。

うちのスタッフたちは優秀な奴が多いなー。つか、俺いらねぇじゃん。……うん、これはもっとサボるべきだな。

そんな俺の気を察してか、いきなりリリーナがギンっとこちらを睨んだ。

……怖っ⁉　もしかしてリリーナは、俺に対して何かしらの第六感を持っているのではないだろうか？　心読めるとか本当にやめてほしい。

「では、明日よりウィンクードの調査を開始します。初めてのことですので、突発的なトラブルも予想できます。各自すぐ対応できるように準備をしておいてください」

そう言って記念すべき第一回目の会議が終了した。

やっぱり会議と名の付くものは嫌だな。途中危うく寝そうになったが、その都度リリーナさんが殺気を出すので寝れなかった。

とりあえず、まずは領主様の素性調査の報告を待ちますか！

⌘

「今日からこの開拓村を治めることになりましたミチオ・T・ウィンクードと申します。王国では建築魔道を学んでおりました。すぐに復旧を始めたいと思いますので、よろしくお願いします」

ぐちゃぐちゃに破壊された村の中心で、オレは生き残った冒険者たちを集めてこう言った。この村は三日前、高位悪魔将《アークデーモン》の襲撃を受けて全壊したのだ。幸いにも魔物が村を占拠するという最悪な状況は回避できたが、領主になって早々詰みかけている。ゼロではなく、まさかのマイナスからのスタートとは……。この世界に転移してからというもの、自分の運のなさにもう涙が止まらない。

どうしてこうなった？

このオレ、田中美智雄《たなかみちお》は当時三十三歳にして夢だった異世界転移を果たした。しかしそれは、夢と同じような、チート無双ができるような素晴らしいものではなかった。

そう、オレにはチートはおろか、この世界で当たり前ともいえるスキルや魔法といったものは何一つなかった。まさかのハズレ枠での召喚である。

当時、転移してきた者はオレを含め五人。いずれも高校生くらいの男女だ。

彼らは国から手厚い保護を受け、この世界で勇者としての教育を受けることになる。しかも教えるのは、この世界で生まれ育った現地の勇者たちだ。

それに比べてオレは、王様も扱いに困るほどの腫物《はれもの》扱い……。一応、宮廷魔導士を付けてもらい、魔法の勉強に明け暮れたが、それでも取得できたのは土系の一種類のみ。さすがにこれでは魔法で無双するような戦いはできない。逆に返り討ちにあうだろう。

そこでオレは、戦闘職を捨てて土魔法で建物を建設する建築魔導士を目指した。手に職があれば国から見放されてもこの世界を生きていけるからだ。

ただこれが予想以上に嵌《はま》り、その腕を認められたオレは国家建築魔導士として地方の村を回ることになった。当初、仕事を任されたと思い、オレはとても喜んだ。

しかし、その喜びは一瞬にして消え去った。なぜなら王国の仕事はブラック企業も引くような、まさに命懸けなものだったからだ。もはや黒を通りこして漆黒になっている。涙が止まらない。

仕事内容は確かに建築なのだが、国の管理が行き届いていない地方の村は、もう世紀末乱世のような世界だ。魔物や山賊が毎日のように襲ってくる。たとえ死人が出たとしても国は補充要員を斡《あっ》旋《せん》して終わりで、オレたちを守ってはくれない。自分の身は自分で守れということらしい。

そんな血生臭い毎日を送っていると、オレのもとにある辞令が下される。それは地方で開拓村の領主をやれというものだった。さすがにそれは断ろうと思ったが、国王からの勅令《ちょくれい》なので断ったら死刑だそうだ。この時ほど、デス〇ートが欲しいと思ったことはない。

仕方なく辞令を受けると、話がトントン拍子に進み、いきなり騎士爵を叙爵させられた。しかも村の名前であるウィンクードを無理やり入れられ、ミチオ・T・ウィンクードに。

おいおい……オレの苗字がなくなってるんだけど？　勝手に省略しないでもらいたい。異議を唱えたいが、そんなことをすれば国王に逆らったとみなされ死刑である。

異世界転移して丸二年。この理不尽な世の中に居場所を探してみたが、神様はどうやらオレのことが嫌いのようだ。オレに無双ルートやハーレムルートを進ませたくないらしい。

ならばいいだろう。自分でここから成り上がってやる。幸い、赴任する村の近くには魔鉱石が採取できるダンジョンもある。このダンジョンで採取できる魔鉱石は純度が高く、高値で取引がされるのだ。上手《うま》くやればワンチャンでハーレムルートへ路線変更もありえる。

よし、ちょっとやる気出てきた!!　開拓村を発展させて、この国最大の迷宮都市を作ってやる!!

そしてオレを蔑《さげす》み、貶《おとし》めた奴ら全員を見返す!!　頑張れオレ!!


こうしてオレの物語はやっと進みだしたのだが、ハードモードすぎて涙で前が見えない。なんだよ隣人が魔王候補《アークデーモン》って……。神様……オレのことそんなに嫌いなんですか？

⌘

領主の身辺調査を開始して三日が経った。やはりうちの斥候さんたちは物凄く優秀で、あっという間に領主を丸裸に調べ上げる。今日はその調査報告をリリーナが翻訳し、俺がわかりやすいよう資料にしてもらった。

どうやらこの地へとやってきた領主はイセカイジンのようだ。この世界の王族どもに召喚され勇者として魔王を倒す存在。俺たち魔族にとっての天敵だ。

そのスキルはどれも厄介な物ばかりで多くの魔王が犠牲になっている。そんな凶悪なイセカイジンがうちの近くで領主をやっている今日この頃……。

「りっ……リリーナさん⁉　これ、めっちゃヤバイよね⁉　ぉぉお俺、討伐されちゃうじゃん‼」

「マスター、落ち着いてください！　報告書をよく読んでください‼　書いてある通り、今回やってきた異世界人は勇者ではありません」

「えっ、そうなの⁉」

リリーナに言われた通り報告書をもう一度読み直す。

あっ、本当だ。勇者ではないと記載されてる。俺、テヘペロ！　いやぁーマジ焦ったー。勇者とやり合うなんて御免こうむる。

「マスター、安心するのはまだ早いですよ？　ハズレ勇者だとしても異世界人の知識は、我々が想像できないような発想が多く、中には脅威になる物すらあります」

イセカイの文明は、この世界の文明より進んでいるらしくどれも興味深い。カガクの力で弱小国家が大国へと軽く変貌《へんぼう》するほどだ。なので魔王の中にはイセカイジンがもたらすカガクの力を脅威と見て、そういった研究をしている輩《やから》を徹底的に排除する軍団もあるくらいだ。イセカイジンは本当に恐ろしいなー。

「しっかし、なんでイセカイジンがこんな辺境で領主なんてやってんだ？」

「理由はわかってませんが、建築技術やそのスピードには恐ろしく秀でたものがあります。その能力を国に買われたのかもしれませんね。このままの調子ですと人口もあっという間に千人を超えてくるでしょう」

「はぁー⁉　普通に小都市じゃん⁉　なんで？　ここ辺境だよ？　人が来る意味がわかんない‼」

「はい、それも調査済みです。このダンジョンより採掘される魔鉱石ですが、市場に出回っている他の物よりも純度が高く高値にて取引されるようです。それにより商人たちが奴隷を引き連れて多数押しかけ人口増加に繋がっています。さらにうちのダンジョンの採掘を目的とした傭兵《ようへい》部隊も多数確認したとの報告もあります。良かったですねマスター。たくさん仕事できますよ？」

ふっ……ふざけんなぁぁぁぁ!!　全然、引き篭もれねぇーー!!　つか、そいつら命よりも金なのか⁉　狂ってんな人族ども!!　みんなそんなに頑張って仕事するのやめろって!!　そんなのブラックすぎるぞ⁉

「しかしリリーナさん。マジでまいったわ……。どうしようかね？」

「マスター、何も難しく考える必要はありません。領主には特に護衛などはいませんでした。接触しようと思えばいつでも接触できます」

「そーなの⁉　領主ってそんな扱いなんだ」

「危機感といいますか、自分自身に関する防衛意識が低いような気がします。平和ボケしてる可能性がありますね。異世界人特有の欠点といったところでしょうか」

ならば街に潜入するよりも、領主本人を攫《さら》った方がすんなりとことが進む感じだな。

「リリーナ、例えば夜に領主宅に侵入し、そのまま領主を拘束。そしてこのダンジョンまで攫うことは可能だと思うか？」

「問題ないかと。領主本人はさほど強くもありません。しかも街の守衛は門の出入口にしか配置されてませんので、パケロさんの忍び衆ならすぐにダンジョンまで連れてくることができます」

なるほどね。イセカイジンかー。勇者でないなら、一度話してみるのも面白そうだな。報告書の内容だとやり手っぽいし、俺より優秀ならこのダンジョンの管理もさせて、引き篭もれるんじゃね？　あれ？　俺、天才か!?

それに、もしかしたらそのイセカイジンとの謁見《えっけん》が上手くいって、腕輪を使わず俺の配下になってくれる可能性もある。そうしたら俺のスキルの【契約《コントラクト》】で眷属にさせてもよし、失敗しても呪いの腕輪を装備させて魔族堕ちさせてもよし、どちらに転んでも特に問題はないな。

「リリーナ。ケロ君に領主を攫って俺の前にまで連れてくる緊急ミッションを出してくれ」

「かしこまりました」

よぉーし！　じゃあサクっと領主さん攫って話を聞いてみますか！

⌘

《その日の夜》

「おーい、リリーナ、エリー。もう寝るぞー！　早く布団に入れー」

鏡台の前でリリーナがエリーの長い髪を櫛《くし》で梳《と》いていた。

髪の長い女子は毎日大変だなー。二人とも髪が腰まであるからブラッシングにすっげぇ時間掛かっている。先に寝てもいいのだが、エリーが眠りに入った俺の上に飛び乗ってくるので、最近はそれを防ぐために極力起きているようにしてるのだ。

「はいっ、エリー様。終わりましたよー」

「リリーナ、いつもありがとうなのじゃ。さてと……ヨルシア!!　おりゃぁーー!!」

まぁ、結局こうして飛びかかってくるのだが。つか、おいこら、リリーナ。羨ましそうな顔で見るんじゃない。お前は肉食獣っぽくて怖《こ》ぇーんだよ！　リリーナが渋々、俺の隣へと潜り込んでくる。ふぅ……、今日も無事に一日が終わったな。生きてるって素晴らしいー!!　さて、寝るか。おやす……。

【緊急連絡メールです。緊急連絡メールです】


寝ようとした矢先、大音量のアラートが部屋に鳴り響く。するとリリーナが猛ダッシュでメールを確認しに行った。

やれやれ、もう眠いんだが？　これはリリーナさんに任せて俺は寝てもいいよね？　いや、いいはずだ。だってもう今日の仕事は終わってるからね！　さて、おやす……。

「マスター大変です!!　パケロさんから緊急連絡が入りました。どうやら領主を確保しダンジョン入口まで連れてきたみたいです！　すぐ謁見の準備をしてください!!」

うそーーーん（白目）。俺、たった今寝ようとしたところだよ？　つか、ケロ君仕事早すぎ!!

いや、いいことなんだけれども……いいことなんだけれどもね。しかし、なんだこの言いようがない怒りは!?　くそぉぉぉぉ！！！！

俺は若干、不機嫌になりながらも謁見の間へと移動した。

⌘

玉座に座っていると、目の前の扉が開かれる。

ちなみに俺のすぐ隣にはリリーナが、膝の上にはエリーが座ってる状態だ。

はっ？　ロリコン？　おい、ふざけんな。神様を横で立たせるわけにもいかないだろ？　それに玉座は一人用だ。苦肉の策で膝の上なんだよ!!　おい、リリーナ？　次は私みたいな顔をするんじゃねぇ!!　何度も言うがこれは一人用だ。

そしてケロ君と忍び衆に連れられ、簀巻《すま》きにされた人族が歩いてくる。パッと見、怪我もないようだ。さすがはケロ君。安心のプロの技。

しかし、すんなり寝られなかったせいで俺の機嫌はすこぶる悪い。

いや、ケロ君たちのせいじゃないから、そんなに恐縮しないでね。ケロ君たちがビクビクしながら横に整列する。

さて、俺の眠りを妨げた領主はどんな奴だろうか？

領主を見るとプルプルと身体は小刻みに震え、口は削岩機のようにカチカチと鳴っていた。

えっ？　小動物？　つか、チワワですか？　震えすぎじゃね？　まだ、何も話してないんですけど？　怯《おび》えすぎだろ。既に死にそうな予感……。とりあえず俺から話しかけてやるか。

「よく来たイセカイジン。俺がこのダンジョンの主、ヨルシアだ」

「………………」

イセカイジンからの返事はない。ただの屍《しかばね》のようだ。……って、おい!!　ノリツッコミさせんなよ。俺が名乗ったのにガン無視かよ!?　人としてそれはあかんでしょ？　名乗ったら、名乗り返さなきゃ？　それが常識だろ!!

すると、見かねたリリーナが口を開く。

「マスターが名乗ったのだ!!　貴様も名乗り返すのが礼儀ではないのかっ!!　この痴《し》れ者めっ!!」

――ジャキンッ!!!

あっ、リリーナがジャキンしやがった。

おいおい、ガチギレですやん……。でも、リリーナさん、それは逆効果ですって。ほら、イセカイジンもう泣きそうだし。なんかあんな怯え方されると逆に可哀想になってきた。

「リリーナやめろ。……イセカイジン、名を聞こう」

俺がリリーナを片手で制し、イセカイジンに優しく問いかけてみた。これでガン無視されたら、有無を言わさず殴ろう。

「たたたた……たっ、たなか、たなか、みっ……みちおですっ!!」

え？　なんて？　恐ろしいほどのカミカミで自己紹介された。ちょっと待て。

『タタタタナカタナカミミチオ』でいいのか？

なんかタの数が若干違うような気がする。つか、そもそもこの前の会議で表示されていた名前と全然違うような気が……。あっれー？　こんなんダッケカナー!?　聞き直すのも失礼な気がするし……どうしよう？　それにしても自己紹介だけで、俺の心を乱すとはさすがイセカイジン!!

こうしてイセカイジンとの謁見が始まった。

「イセカイジンよ。手荒な真似《まね》をして悪かったな。こうでもしないとお前と話ができないと思ったのでな。ケロ君、縄を外してやってくれ」

結局、彼のことは無難にイセカイジンと呼ぶことにした。あんなファンキーな名前を俺は呼べない。後で、リリーナにちゃんと確認しておこう。

「さて、縄は解いてやった。これで自由に話せるだろう。抵抗してもいいが、それが何を意味するかはわかっているよな？」

「はっ……は、ははははいっ!!」

よし。さすがイセカイジン。物わかりがいい。彼が抵抗したら、きっとリリーナさんがジャキン《爪を伸ばす》するからな。あれ、俺も恐怖がフラッシュバックするからやめてほしいのだ。

「物わかりが良くて助かる。さて、イセカイジンよ。お前はあの街で領主をやっていると聞いた。なぜ、この地へとやってきた？　理由はなんだ？」

するとなぜかイセカイジンは黙って俯《うつむ》いてしまった。

何か難しいことを聞いただろうか？　この地に来た理由を聞いてるだけなんですけど？　それか、もしかしてまたガン無視してるのか!?　この野郎!!　ぶっ飛ば……、いや、待て。もしかして罠かもしれん。イセカイジンは頭がいいってリリーナが言っていた。俺に殴られ、他の勇者のヘイトを俺に向けようとする裏工作かもしれん。なんて奴だ!?　無言でここまで俺に心理的プレッシャーを与えるなんて……。

「あの、マスター？　冷や汗垂らしてますけど、マスターが考えてるようなことなんて一切ありませんからね？　彼、ただマスターが怖くて話せないだけですよ？」

リリーナが耳打ちでツッコミを入れてきた。一切喋っていないのに俺にツッコミを入れるなんてリリーナのツッコミは神の領域まで届いたというのだろうか!?

そんなバカなことを考えているとイセカイジンがボソッと一言呟いた。

「………復讐」

「復讐？　冒険者たちの仇《かたき》か？　それとも騎士団のか？」

口を開いたと思ったら、なんかとんでもないこと言い出したんですけど!?　こいつサイコなのか？　そんなナリしてサイコなのか!?

「違います。国に対してのです」

「国？　意味がわからん。説明してくれ」

するとイセカイジンが今までの顛末、愚痴《ぐち》、嘆きなど、溜まっていた全ての物を吐き出すように俺へと話してきた。つか、俺に言うなよな。そんな愚痴を言われても「そうか、大変だったな」としか言えないだろ？

しかし辺境を発展させて国に対抗できる迷宮都市を作るってか。イセカイジンは考えることが違うねぇー。俺なら死なない程度に引き篭もるけどな。

それにしてもおかしなもんだ。同じイセカイジンと言えども能力がなければすぐにポイか。能力があれば勇者として人々から羨望《せんぼう》され、なければ使い捨ての駒とはなんとも悲しいな。そして本人もそれをよく理解している。

「ということは、お前は何かしらの【力】が欲しいのか？」

俺がふとポツリとこんなセリフを言うと思いのほか彼は食いついてきた。

「【力】!?　もしかしてチートがあるんですかっ!?」

チート？　チートって何よ？

リリーナの方を見るが、顔が？マークだ。なんだとっ⁉　リリーナも知らない単語なのか⁉　やっべぇ……。知らないって言ったら空気悪くなりそうだし、とりあえずここは肯定しておくか。

「……チートはあるっ‼」

リリーナとエリーが、なんでそんなこと言ったの？って顔で、ソッコー俺を睨んできた。だって、仕方ないじゃん‼　ここでないって言ったら、へっ、こいつチートすら持ってねーのかよって思われるでしょ⁉

イセカイジンを見ると、何やらブツブツと独り言を呟き始めていた。

……怖っ‼　めっちゃ怖っ⁉　えっ、何？　それチートのせいなの⁉　俺があるって言っちゃったからなの？　まじ、ごめん。今から訂正し……。

「【力】を……俺にチートをください‼　お願いしますっ‼　なんだってしますから‼　他の奴らを見返せるだけの【力】を俺にください‼　貴方《あなた》に魂を渡したっていい‼　だからお願いします‼」

はい、無理でしたー。これでもう彼の言うチート渡すしかないな。あんなこと言わなければ良かった……。今更ながら後悔するという。

それにしてもイセカイジン必死すぎないか？　そんなにチートとやらが欲しいのだろうか？　しかし、今の話だと力＝チートってことっぽいよな？

うーん……。とりあえず呪いの腕輪を渡してみるか？　魔族に転生すりゃあ、それなりに力は得るだろう？　でも、転生してから、これチートじゃねーじゃん話が違うって言われても困るしな。

まぁ、しかしこんなこと俺が悩んでも仕方ない。ここはもう本人に直接選んでもらおう。

「イセカイジンよ。ここに魔族へと転生できる腕輪がある。もし、本当に力を手にしたいのなら、

この腕輪を嵌めるがいい。だが、お前の覚悟が足りなければチートは得られぬと思え。万が一チートを得なくても我がダンジョンはお前を受け入れると誓おう。王国のような扱いもしない。お前を一人の立派な魔族として認めよう」

これ、なかなか上手く逃げられたんじゃね？　チートなくてもうちのダンジョンで面倒見ますよーって感じだし。それにこのイセカイジンはきっと召喚されてから、この世界に居場所がなかったんじゃないのか？　駒のように扱われて誰からも認められないのが辛かったのではとさえ思ってしまう。だから他者に認めてもらえるだけの力が欲しいんだろうな。

俺は呪いの腕輪をイセカイジンに投げ渡した。さて、どう出るイセカイジン？

するとイセカイジンは、その真っ青だった顔も、チワワのように震えていた身体も嘘だったかのような力強い眼差《まなざ》しを俺へと向ける。何かを決意した男の目だ。

おいおい、いきなりそんな眼で俺を見るなよ。これでチートがついてなかったらマジで申し訳ないだろう？　そんな俺の気持ちもつゆ知らず、イセカイジンはスッ……と呪いの腕輪を嵌めた。

――ゴゴゴゴゴゴゴゴゴゴゴ……。

轟音と共に魔素を乗せた風が部屋の中に吹き荒れる。そして夥しい量の魔素がイセカイジンへと集まっていった。黒い魔素が身体を包み、その眼は血のように真っ赤に染まる。そして激痛が襲うのかイセカイジンは悲鳴を上げながら床をのたうち回っていた。身体が進化に耐えられないのか、肉が切れ血が噴き出す。

うわぁ……、めっちゃ痛そう。俺が進化した時より酷くね!?　ちょ……、ちょっと君、大丈夫？　死なないよね？　ねぇってば!!　無事なら返事しようぜ!!　マジで不安になるんですけど？

そして、イセカイジンは身体中を真っ黒な魔素に包まれると、パタリと力尽き全く動かなくなってしまった。

おや？　マジで死んだ？　いやいやいや……嘘でしょ？

「のう、ヨルシアよ。……あれは死んだのではないか？　あのような濃い魔素など、人族にとっては猛毒じゃぞ？」

「……マスターが知ったかぶりしたせいですよ？」

二人がジト目で俺を睨む。

おっ……俺のせいなの？　だって、死のリスクあるって聞いてないし！　これはしょうがなくね？　でもイセカイジンよ、すまんかった。まさかこんなことになるなんて……。城の外に墓は作ってやろう。安らかに眠りたま……。

――ボコォっ!!

ひぃぃぃーーー!?

俺が手を合わせて拝もうとすると、イセカイジンを包んだ黒い魔素の塊から白骨化した手がいきなり生えた。

めっちゃビビったじゃん!!　驚かすなよ……。つか、ナニコレ？　えっ？　もしかして魔族転生成功した？　スケルトンに転生したのか??

するとイセカイジンはおもむろに起き上がり、その身を包んでた魔素も同時に剥《は》がれ落ちた。その姿は身体から全ての肉は削《そ》がれ白骨化し、髑髏《どくろ》から覗くその赤い眼は憎しみに満ちた灯火《とうか》のようだった。

すまんイセカイジン。まさか、スケルトンになるとは思わなかった。君はうちでちゃんと面倒を見るから許してくれ。俺がそんなことを考えてると、イセカイジンを見たエリーが口を開く。

「まさか、このような奴がこの世に蘇るとはのう……。億千万死の魔王……【告死の不死王《レヴェナント・リッチ》】」

⌘

——告死の不死王。

古来、不死者《リッチ》とは魔道を極めんとする人族が、闇に魅入られ魔族へと堕ちるのだが、告死の不死王は闇に選ばれし者が、新たに生まれ変わり真祖《しんそ》系の魔族へと転生する。

その力は巨大で何千という魔法を使いこなす魔道を極めし者。特に死霊術に長《た》け、一人で何万もの軍隊を相手に戦えるほどだ。過去には一人で十万もの大軍を相手どった者もいる。その身を破壊されても、自身の魔力が尽きない限り復活するというタフさ。

付いた名が【告死の不死王】。

これはかつて億千万死の魔王として君臨した初代告死の不死王に付けられた二つ名が位階として確立された事例である。

告死の不死王はダンジョンを持たない。その名を聞けば冒険者など来ないから。

告死の不死王は配下を持たない。戦場でいくらでも手に入るから。

告死の不死王は誰も恐れない。それは自分が最強だと知っているから。

そして当時最強と呼ばれた勇者と相打ちになってから一二〇〇年……。


千年の時を経て、再びその告死の不死王は復活した。異世界人の心を宿して……。

⌘

「ヨルシア……、お主はなんという奴を蘇らせたのじゃ」

「はぁ？　あれスケルトンじゃねーの？　どっからどう見てもスケルトンなんだけど？　もしくは化学室に置いてある標本。あっ、それもスケルトンだったわ。たまに入れ替わってるよね？」

「…………」

……んっ？　リリーナさんからのツッコミが来ないだと!?　おいおいボケ殺しか？　そんなあるある、あるかーってツッコまないと。

ふとリリーナさんを見ると声も出せないほど驚愕《きょうがく》していた。

「リリーナ。……おい、リリーナ!!　聞こえないのか？　リリーナ!!」

「はっ、はい!!」

やっと返事したか。まったく、二人ともどうしたというのか。ちなみにこの間イセカイジンほったらかし。自分の身体をマジマジと見ていた。

やっべ……。なんて言い訳しよう？　いきなり自分の身体が骨だけになっちゃってんもんな。何か話しかけてやらねば。

「いっ……イセカイジン、気分はどうだ？」

「ちっ……、ちっ……」

『ち』がどうした？　まさか……。やっぱり彼の思っていた姿と違ったのだろか？

やっべぇぇ……。やっちゃった感じ⁇　もはや大クレームの予感しかしねぇ……。今更ながらこれってクーリングオフとかできないの？　つか、だって俺もこんなことになるとは思わねーし‼

骨だけになるんなら始めから書いておけよな！　腕輪を嵌めたら骨になりますって。これ、謝って許してもらえるのだろうか？　とっ、とりあえず、粘土で肉付けを……。

俺が、冷や汗ダラダラでテンパってると、イセカイジンが突如咆哮《ほうこう》をあげた。

「チート来たぁぁぁぁぁーー‼」

え？　チート？　チート来たの？　うわっ、めっちゃ嬉しそうにガッツポーズしてるし。つか、骨しかないけど大丈夫？　けどまぁ、彼が嬉しそうだからいっか。

エリーとリリーナはなぜかドン引きしながらヒソヒソ話していた。こっちは無視かーーい⁉

とりあえず彼の話を聞くか。やれやれ、ほんとチートがあって良かったぜ。

⌘

「いやぁー、ミッチーめっちゃ大変だったんだな。つか、国王も酷くね？　強制召喚したなら最後まで面倒見ろってな！」

「そうですよ！　あいつ次会ったらマジでボコります!!　それにしてもヨルシアさん凄いっすね。たった数か月で有名ダンジョンの仲間入りですもんね！」

「あっ、そうなの？　ここ有名なの？」

「王国ではめっちゃ有名ですよ！　魔鉱石の発掘ダンジョンとしてですけど。でもヨルシアさんほんと凄いっすよ？」

「そうなんだー。でも俺さ、ここだけの話なんだけど実は働きたくねぇんだわ。ホントは引き篭もりたいのよ。それなのに冒険者は攻めてくるわ、騎士団は来るわ、極めつきは目の前に街できてるし。だから領主呼びつけてクレーム言おうとしたら、キミうちのダンジョンの一員になっちゃったから言えないじゃん？」

「ヨルシアさん！　さーせんっ、マジさーせんっ!!　ちょっと、ケジメつけさせてもらってもいいっすか？」

そう言うとミッチーは自分の頭蓋骨を外し壁にガンガン投げつけた。

まさかの一人キャッチボール!?　なかなか斬新なケジメの取り方だな。これが異文化交流か。

「ミッチーそんなことしなくていいって!!　それに……ミッチーはもう俺たちの仲間だろ？」

「……ヨルシアさん」

俺はタナカ・ミチオことミッチーと、たった数分ですっかり仲良くなってしまった。話してみると案外いい奴で、なんかこう、彼とは波長が合うんだよなー。

「じゃあ俺、ヨルシアさんが立派なNEETになれるように、地上で頑張って冒険者たちを牽制《けんせい》しますんで安心して引き篭もっててください!!　勇者も俺がボコりますんで大丈夫っす!!」

　なんて素晴らしい男なんだろう!!　俺が引き篭もれるよう頑張ってくれるなんてマジでいい奴!!

最近、働きづめで心が折れかけていたけどミッチーの言葉でなんかやる気が出てきた!!

「ミッチー……俺、頑張るよ!!　頑張って立派なNEETになるからさ応援しててくれよ!!　ミッチーのためにも絶対働かないから!!　俺、負けな……」

「アホかぁぁぁぁぁぁぁ!!」

――――ズドォォォォォォォォン!!

　不意打ち気味にリリーナさんからの上段廻し蹴りを側頭部に喰らった。しかもただの蹴りではない。恐ろしい速さの旋風脚で、俺が一撃目で吹っ飛ぶ前に二撃目を叩き込むというまさかの神業だ。

え？　俺の状態？　ふふっ、絶好調で城の壁に突き刺さってますよ？　もう慣れっこっすわ。

「いいですかマスター？　次、NEETになりたいなんて口に出したら、このコンボを百連で叩き込みますからね？」

　もう二度とリリーナの前でNEETになるって言うのはやめよう。リリーナの奴、本気だ。マジで叩き込まれる。ふとミッチーの方を見ると案の定ガクブルっていた。彼とは同じ臭いがするな。

⌘

「全く!!　少し目を離したらこれなんですから!!」

リリーナがプリプリと怒っていた。俺がリリーナに怒られない日はない。正直、毎日のログインボーナスのようなものだ。嬉しくないけど。

「では、ミチオさん。改めて自己紹介をさせていただきます。私がこのダンジョンのサブマスターのリリーナです。そして、こちらが魔界の神であらせられる暗黒神エルアリリー・サタニエル様です。失礼のないようにお願いします」

「ミチオとやら。良きに計らえ」

すると何かのスイッチが入ったようにミッチーが豹変《ひょうへん》した。

「うぉぉぉぉ!?　リリーナさん、サキュバスっすよね、サキュバスっすよね？　しかも隣の萌え幼女も最っ高!!　まじで魔族に転生して良かったぁーー!!　なぁ、地球のみんな……聞こえてるかっ!?　俺は……俺は……やっと二人の神に出会ったぞぉぉーー!!」

骸骨《がいこつ》がよくわからないことを大声で叫んでいた。ミッチーも実は真性の変態なのだろうか？

「まっ……マスター。私、ちょっとあの人苦手です。生理的に……」

「わっ……妾も悪寒《おかん》が走る。こんな気持ち初めてじゃ……」

Ｏｈ、ミッチー。女性陣の好感度マイナスからのスタートだぜ。

「まぁ、ミッチー落ち着けって。まずはミッチーのステータス見せてくれよ」

「ヨルシアさん、さーせん!!　ちょっと待ってください。えっーと……ステータスオープン!!」

□□□□□□□

名前：ミチオ・T・ウィンクード
称号：召喚されし者／転生者／新米領主／億千万死の魔王
種族：不死族《アンデッド》　位階：告死の不死王《レヴェナント・リッチ》（Aクラス）　保有魔力量：289680

［魔王スキル］魔王覇気《はき》
［固有スキル］彩色《さいしき》の邪眼《じゃがん》
［特別種族スキル］不死の理《ことわり》／無慈悲なる告死
［種族スキル］恐慌・隷属
［スキル］人化／霊化／錬金・錬成／物理攻撃無効

［特別魔法素質］死霊／腐蝕《ふしょく》
［魔法素質］爆炎・煉獄《れんごく》／水氷雪・零凍／風塵《ふうじん》・雷陣／土岩鋼・流砂／重力／空間／結界／幻惑／邪呪／封印／召喚／深淵／鑑定／生活
□□□□□□□

あれ？　ミッチー、称号既に魔王なの？　つか、おれより強いじゃん？　それに魔法素質がおかしなことになっているし。やっぱりミッチーにダンジョン運営任せようかな？

するとステータスを一緒に見ていたエリーが口を開く。

「ヨルシア良いか？　お主は魔王を眷属にするという、未だかつてないことをしたのじゃ。しかも妾が魔王襲名の儀を執り行っていないにもかかわらずこやつは魔王の称号を所持しておる。聖女の神託《しんたく》に引っかからないとはいえ間違いなく勇者や聖教会どもの最優先討伐対象者となるじゃろう。だから心せよ。お主はもうNEETになれぬ！」

NEETになれぬ……、NEETになれぬ……、NEETになれぬ……。

エリーに言われた死の宣告に近い言葉が俺の頭の中を駆け巡る。NEETになれないだと？　そんな馬鹿な。……よし、いいだろう。その挑戦受け取った。

ヨルシアと書いて諦めの悪い男と読む!!　勇者？　聖教会？　知らねーよ!!　そんなことくらいで俺はNEETになることを諦めない!!　もし、そいつらが俺の邪魔をするなら全力で叩き潰してやるっ!!　……そう、ミッチーがね!!

エリーからNEETになれない宣告を受けたが、そんな簡単にNEETを諦められるはずがない。ミッチーの存在がバレるのがマズいのであれば隠蔽《いんぺい》しよう。そう、バレなきゃOK!!

「と、いうわけでミッチー。勇者や聖教会とやらにミッチーの存在がバレると厄介そうなんだ。人化して正体隠せたりする？」

「多分問題ないですよ？　ちょっとお待ちください。……人化《ヒュームフォーム》!!」

——ボボン!!

ミッチーが人化の術を使うと謁見の間は煙に包まれた。ミッチー煙いわ。

そして徐々に煙が晴れていくと、そこには憎らしいほどの美少年が全裸で立っていた。

えっ、誰？　しかも、フルティンだし。

「うわっ！　オレ、裸じゃん!!　服、服!!」

どうやら目の前の美少年はミッチーのようだ。かの美容クリニックもびっくりである。ビフォーアフターがエゲツない。もはや別人である。面影すら残っていないのだ。

裸のミッチー（？）は周囲の魔素を大量に集めるとそれを魔力へと変換する。そしてその魔力の糸であっという間に魔服を錬成した。作り上げたのは濃い藍色のフード付きのローブ。所々、金色の蔓《つる》のような刺繍《ししゅう》が施されているお洒落《しゃれ》ローブだ。意外とミッチー（？）のセンスがいい。

「ヨルシアさん、お待たせしました。こんなもんでどうっすか？」

うむ。素晴らしい人化の術だ。巨大な魔力も抑えてあるし、邪悪な感じもしない。全て隠蔽魔法で隠しているようだ。パッと見た感じでは、まずリッチには見えない。

だがしかし……だがしかし、これは言うべきなのだろうか？　それとも触れない方がいいのだろうか？　いや、駄目だ!!　これは本人のためにも言おう!!

「なぁ、ミッチー……」

「はい！」

「……盛りすぎじゃね？」

「えっ……？　なっ……なんのことっすか？」

ミッチーが転生前の姿をなかったことにしようとしている……。逆にすげぇ!!　さらっとイケメンキャラ設定に持っていく気だ。でもそれ無理じゃね？

「……なぁ、ミッチー？　おっさんから美少年は正直痛いぞ？　俺はありのままのミッチーでいいと思うんだ。それに美少年になって得することがあると思うか？　男は顔じゃない。ハートだぜミッチー？　偽ると後で辛くなるぞ？」

「ヨルシアさん……。オレ、オレぇ……」

彼もわかってくれたようで、シュワワワーと身体から煙を上げて元の姿に戻っていく。

うん、ギャップがエグい。美少年からおっさんだもんなー。

「で、マスター？　茶番はそこまでにして今後のことを話し合いましょう」

「茶番!?」

「当たり前ですっ!!　それよりも異世界人のミチオさんが、うちのダンジョンの一員になってくれたので、我々が選べる選択肢がさらに増えました。とりあえずミチオさんには街へ戻ってもらい通常通りの業務を行ってもらいましょう。そして徐々にウィンクードをうちの支配地域化していくのが得策かと」

「リリーナ、今更なんだけど支配地域化ってどうしたら支配地域になるの？　つか、そもそも支配地域ってなんだっけ？」

「マスター……？　本当に今更ですね」

げっ……、リリーナが青筋立ててイライラしてる……。なぜ、リリーナはこうも簡単に機嫌が悪くなるのだろう？　もしかして彼女のイライラの原因はカルシウム不足ではないだろうか？　今回はミッチーもいることだし、ガツンと一発言ってやろう!!

「だって知らないって言ったらリリーナ怒るじゃん!!　ほら、今も既にイライラしてるし!!　リリーナ、小魚を食え！　お前のイライラはカルシウム不足が原因だ!!　なぁ、ミッチー？」

「そうですね。でもヨルシアさん、もしかしたら彼女アレの日かもしれないですよ？　だからオレはお腹《なか》を温める方がいいんじゃないかと思うんですけど？」

あっ、まずい。めっちゃ地雷踏んだ。リリーナさんの髪の毛が逆立ち始めた。纏うオーラがやべぇ……。ミッチーすまん。巻き添えになるかも。いや、もう巻き添え確定だわ。

――ピキィィィイーーーーン!!

リリーナの身体から全てを凍《い》てつかせる冷気が溢れ出し、それが俺とミッチーを襲った。

「リっ、リリーナさんっ!!　ごめんなさいごめんなさい!!　マジ凍る、マジ凍るからやめてぇ!!」

「なんでオレもっ!?　え？　熱っ！　あっ、いや冷たっ!?　痛い、痛い、痛い！　凍った箇所、超痛いんですけどー!?　よっ、ヨルシアさん助けて!!」

ミッチー諦めろ……。君もそういう宿命のようだ。もう一緒に凍ろうぜ。

⌘

ふぅ……。全くエライ目にあったなー。まさか全身を凍らせられるとは。リリーナのDV技が日々進化していってる。困ったものだ。巻き添え喰らったミッチーも、怒るかと思ったら、なぜか嬉しそうだったし。彼はドMなのだろうか？　まぁ、悪い奴じゃないからいいけど。

「マスター、そろそろ本当に学校からやり直しますか？」

「リリーナさん、本当に勘弁してください。それだけは……それだけは何卒《なにとぞ》……」

そんなにプリプリしなくてもいいのに……。

「いいですか？　支配地域というのは、そこに住まう人族から魔素を回収できる地域のことを指します。量とすれば微々たるものですが、毎日定期的な魔素収入がありますす。長期的に見ればかなり大きな魔素収入となるでしょう。ですので大きなダンジョンになればなるほど必然的に支配地域を多く持つことになります」

　え？　それめっちゃいいじゃん‼　だから地上で領地を構えている魔王たちは人族たちを奴隷として受け入れるのか。

「しかし、今回はマスターの意向で人族たちにバレないように支配地域としないといけません。奴隷にするなんてもってのほかです。支配地域化自体はそう難しいことではないのですが、人族たちも馬鹿ではないのでそれを防ごうとします」

「そうなんだ。ちなみにどうやって支配地域化すんの？」

「DPカタログにエリー様を模《かたど》った銅像があります。それを街の中心部に建てるだけです。難しいことではありません。そして、その設置した像から魔素を回収しダンジョンに送ります」

　あらやだ。思ったより簡単でした。だったら、すぐ作ればいいじゃん。

「しかし、この像は巷《ちまた》では邪神像と呼ばれ、そのまま設置すればすぐ人族たちに破壊されてしまいます。それどころか設置した人物が魔族と繋がりがあると判断され騎士団に拘束されるでしょう」

「なんと⁉　それはいかんのう。妾は邪神ではないぞ？　暗黒神じゃ！　それに妾の像を壊すなぞ、罰当たりな奴らじゃな‼」

　エリー、ツッコむとこそこなの？

「はい、エリー様。そのうち人族どもに天罰与えましょうね～」

「うむ♪　与えるのじゃ！」

リリーナもエリーの扱いはもう手慣れたもんだな。綺麗《きれい》に流しやがった。

「さて、せっかく設置したエリー様の像を壊されるのは避けたいので、この像を作り変えて人族たちが崇める女神像へと見せかけます」

「リリーナ。街にはプラチナクラス以上の冒険者たちがいるがそれは看破はされないのか？　いくら作り変えたっていっても魔素が集まる像なんて不審がられるだろ？　鑑定魔法を使える奴がいたなら一発で終わりじゃね？」

「はい、それが今回の問題です。特に懸念すべき点は冒険者よりもギルドマスターの方ですね。調べたところミチオさんとの関係性があまり良くないのです。ミチオさんがこの像を設置しようものなら、すぐ疑念を持ち間違いなく女神像を調べるでしょう」

「そうなのかミッチー？」

「えぇ……、まぁ……」

ミッチーが急によそよそしい。どうしたのであろうか？

「忍び衆の調べでは、ギルドマスターはミチオさんのことを雑魚《ざこ》領主、出来損ない、失敗作、ムッツリスケベなどと呼称し蔑んでおりました。そして時を見てミチオさんを処分しようとも画策していたようです」

あっ、そういうこと。なるほどね。

でもね、リリーナ？　めっちゃストレート。ストレートに言いすぎてミッチーがダメージ受けてるぞ？　……ミッチー、ドンマイ。

「それにしてもオレって危なかったんですね……。まさか命まで狙われてたとは」

「ほんと信じられん野郎たちだな。ミッチー、うちに来てマジで良かったじゃん」

しかし、そうなるとそのうちミッチーの正体もバレる懸念がある。さて、どうしよう？

「ヨルシアさん。もし良かったら支配地域の件、オレに任せてくれないっすか？」

「おっ！　ミッチー、なんか名案でもあんの？」

「はい！　リッチに転生した時に膨大な量のスキルや魔法に関する知識を得ました。その中でいくつか使える魔法があったのでちょっとやってみようかと」

「ちなみにミチオさん、何をしようとしてますか？」

あっ、リリーナの目が光ってる。ミッチー、地雷踏むなよ!!

「いや、奴隷がダメなら操ってやろうかなと」

「操るですか。ギルドマスターを殺害してゾンビ化するということですか？　それとも精神魔法で干渉して操るということですか？」

「いや、まず精神魔法だと付きっきりで魔法掛けないといけないから無理ですし、ゾンビ化だと肉が腐り落ちてすぐバレるからこれも無理です」

ほう、精神干渉系の魔法も使えるんだ。あれ、かなりの上級魔法なんだよなー。上級魔族でも使える奴は少数だぞ？　ミッチー、レベル上がりすぎだろ。

「だから一度、死霊魔法《ネクロマンシー》でギルマスたちの魂を抜き取って仮死状態にさせます。その間、生命維持ができないので身体が腐らないように生活魔法の【食料保存】の魔法を使えば身体をそのまま保存できます。身体が本体のゾンビには【食料保存】を掛けることはできませんが、死霊化して魂だけの存在であれば、本体は魂なんでこの方法が使えるかなと。最後に死霊化した魂を身体に戻して完成です。これで記憶もそのままで、どんな命令も聞く兵士の出来上がりっス！」

ミッチー凄《すげ》ぇ‼　そんな裏技を考えてくれるとは。

「しかし、ヨルシアさん。デメリットもあります。まず、無理やり受肉させるので魂のリンクは完全無視です。かなり身体能力も落ちますし、もしかしたら多少性格が変わるかもしれません。まぁそうなったらオレのボディガードって肩書き付けておけばなんとかなると思いますけど」

なるほどな。反魂《はんごん》の術じゃないから性格については仕方ないか。まぁ、俺はいいと思うが。リリーナの方をチラ見すると、承認したかのように軽く頷いた。

意外にもリリーナもオッケーなようだ。ミッチーやるじゃん！　よし、これで進めてもらおう。

「じゃあ、ミッチー。それで頼む。エリーの銅像はDP商品のようだから後で届けさせるわ。設置場所は任せるからよろしく。何か困ったことがあれば随時報告してくれ！」

こうして魔王が俺の眷属に加わるというとんでもないことが起きたが、無事ウィンクードの支配地域化が始まった。

⌘

ウィンクードの支配地域化計画は、ミッチーを中心として順調に進んでいった。ギルマスや手強い冒険者たちを予定通りに上手く取り込み、街の広場にエリーの銅像が建てられた。

今日はそんなミッチーの近況報告の日である。俺はリリーナと一緒に謁見の間でミッチーの到着を待っていた。すると突然、バンっと勢いよく謁見の間の扉が開かれる。

「ぃぃぃぃいやっほぅぅぅーーー!!　我らがぁぁぁぁー、偉大なるヨルシア様にぃぃぃぃー、こうしてぇぇぇ、謁見できるのはぁぁぁ、恐悦至極《きょうえつしごく》の極みにぃぃぃぃ、存じますぅぅぅ!!」

何こいつ？　ミッチーと一緒に超暑苦しいおっさんが部屋に入ってきたんですけど？　そういえばミッチーが紹介したい人がいるって言っていたな……。え、もしかしてこいつのことなのか？　頭のネジが一万本くらいぶっ飛んでるみたいだけど大丈夫？　いや違うか、完全に脳ミソ破壊されてるわ。なんでこいつこんなハイテンションなの？　リリーナもエリーもめっちゃ引いてるし。

「なぁ、ミッチー。誰これ？」

「あっ、ヨルシアさんすんません。紹介するの遅れました。こいつが例のギルマスです」

例のギルマス？　どの？　もしかしてこいつがミッチーを謀殺《ぼうさつ》しようとしてた奴なのか？　想像してたのと全然違うんだけど。というかこいつ大丈夫なのか？　無駄にハイテンションで目の焦点合ってないじゃん……。なんか変な薬でもやってるの？　ちょっと心配になるわ。

――ジャキン!!

「マスター、黙らせましょうか？」

リリーナがエクスカリバーを構えながら物騒なことを進言してきた。

いやいや、それやっちゃうと永遠に黙っちゃうから!!　リリーナ怖《こ》ぇーよ!!　つか、ウチの秘書が武闘派すぎる……。秘書ってこんなんだっけかなー!?

「いや、リリーナさん。とりあえず落ち着きましょうか？　それにミッチーたち怯えてるから。えーっと、じゃあミッチーとりあえず説明して？」

そして俺たちはミッチーから、ウィンクードで起きた出来事の説明を受けた。

⌘

ミッチーが魔族に転生して五日が経ち、ウィンクードの支配地域化が粛々《しゅくしゅく》と行われていった。街の中央に大きな広場を建設し、そこにエリー銅像を設置したまでは良かったのだが、案の定ギルマスたちが口を出してきた。

やはりギルマス含むミスリルランクの冒険者たちはミッチーに対して敵対心剥き出しのようだった。そして度重なる暴言や嫌がらせの数々。それがミッチーの怒りを買いサクっと魂を抜かれ死霊化してしまった。

まぁ、ミスリルランク如きが魔族に転生したミッチーに勝てるはずもなく、あっという間に戦闘は終了したのだが、ミッチーの使った死霊魔法《ネクロマンシー》があかんかった。

【死霊化】。倒した者の魂を抜き取り死霊化できる魔法。死霊化の際、術者の精神状態に影響され性格、口調などが決まる。

「ミッチー、つまりアレか？　むかつくギルマスたちを倒したから、柄にもなくざまぁとか、くたばれボケェとか思っちゃってハイテンションな状態で術を使ったからこんなことになってんの？」

「面目ない……。ただ、ギルマスだけじゃないいんっすよ。他も呼んでもいいっすか？」

は？　まだあんな暑苦しい奴がいんの？

ミッチーがパチンっと指を鳴らすと空間転移で新たに四人の人族が現れた。

「おーーっほっほっほっほっ!!　ヨルシア様ぁん！　お逢いできて光栄ですわ！　わたくしが死地に咲

く一輪の真っ赤な薔薇！　人呼んで【死の薔薇《デスローズ》】のマリアンヌ！　どうぞ、お見知り置きを!!

おーーっほっほっほっ!!」

金髪縦ロールで胸元が大きく開いた白いドレスアーマーを着ている爆乳お姉様？が、開口一番に自己紹介してきた。原理はわからないが、なぜか身体の周りを薔薇の花弁が舞っている……。それにしても化粧濃いなー……。つか、ケバい。

「押忍《おす》!!　自分はぁ、アサシンのアーヴァインです!!　よろしくお願いしゃーーーす!!　押忍っ!!」

白髪イケメンのアサシンのようだが、中身が応援団員のようになってしまっているので暗殺稼業はもう無理だろう。気配隠す気ゼロだよね？　残念イケメン感が半端ない。

「やっと、アタシたちの番ね！　行くわよピース!!」

「わかったわ、ラブ！」

「我らは!!」

「夜空に輝くミスリルの星……」

「男よりも強く！」

「女よりも美しい!!」

「吠えろ、上腕二頭筋！！！」

「軋《きし》め、エイトパック！！！」

「二人合わせて拳討死《けんとうし》のラブ＆ピース!!　星に代わってお死於《しお》きよぉぉぉ!!」

タンクトップを着た双子のボディビルダーのおっさん二人が身体全体を使ってハートマークを

作っている。正直、滅したい。うん、滅したい。……滅していい？

身体にオイルを塗ってるせいか、物凄くテカテカしてる。なんのための油なのだろう？　火をつけて消毒すべきか？

あっ、リリーナさんの目が汚物を見るような目に変わった！　できれば、こいつらを消毒してほしい。今回は許可するよ？　でも触りたくないんだろうな、あのリリーナが殴れずにいる。見た目だけでリリーナを制するとは、あの二人やるな。

「で、ミッチー。こいつらをどうしろと？」

「えー、この五人なんですがあまりにも豹変しすぎてギルド内で浮きまくっちゃってるんですよ。ヨルシアさんとここで匿《かくま》ってもら……」

「断るっ!!」

いや、無理だろ!!　イエスと言った瞬間にリリーナの地雷を踏むし!!　ミッチー、察しろやぁ!!

「そこをなんとかお願いします!!　他の冒険者にバレる前に!!　一番厄介なギルマスだけオレがなんとか誤魔化しますんで、他の四人を匿ってください!!　お願いしますヨルシアさん!!　オレもよくわかんないうちに眷属化しちゃったんで、こんな四人でも面倒見るしかないんっすよね。いっそのこと、オレみたいにちゃんと魔族に転生させて仲間にしないっすか？」

こっ……この子何してんの!?　捨て猫とか勝手に拾ってきちゃうタイプなの？　仲間にするのはいいけどこいつら濃すぎるわー。特にあのボディビルダー二人。さっきからずっと俺へのアピールなのかボディランゲージしながらウィンク飛ばしてくるんだけど。マジで勘弁してもらいたい。

「ヨルシア、ちょうど良いのではないか？　こやつら既に眷属化されておるし。あとお主の魔力を込めた魔具か指輪を作成して、ルルが錬金すればミチオほどではないが、強力な魔族なり魔物なりへ変貌するじゃろうて」

うぉ、エリーいつの間に膝の上に⁉　さっきまで部屋で寝てたよね？

「あぁん素敵ですわぁ！　この忌々《いまいま》しい身体を捨て魔族に転生できるなんて」

「押忍！　自分も魔族になりたいっす‼」

「ピースちゃん、魔族ですって‼」

「あらやだ、素敵っ‼　アタシたちさらに可愛くなっちゃうわ。どーしましょ‼」

いや、俺がどーしましょ？なんだけど。えー、キャラ濃いんだもの。絶対面倒くさいって！　悪い未来しか予想できない。

「マスター、仕方ないですね。街に滞在させてバレるよりもダンジョンを守る強力な仲間にした方が無難です。……諦めましょう」

なっ、何ぃ⁉　リリーナが許可しただと⁉　じゃ、もう面倒くさいからいーや。リリーナが良ければ全て良しっ‼　おっ、名言だな。

じゃあ、まずはエリーが言う魔族転生でもさせてみるか。

⌘

俺は早速錬金室へ移動して、自身の魔力を込めた指輪を作成した。素材はもう適当である。とりあえずレアそうな物質を釜に投入してみた。考えるのすら面倒くさい。

そして、その指輪をベースにルルが魔鉱石と錬金し、呪いの指輪なるものを作成してみた。

しかし、ここでルルが「まだまだ呪いが弱いですねー。もう一回被せで錬金しましょう！」とか言い出したので、もう一回指輪を作るハメとなる。ルルがいつの間にか呪いソムリエのようになってんだけど？　そのうち、物騒な二つ名が付きそうだ……。

意外とそれが効果覿面《てきめん》で指輪を嵌めた四人はヌルっと魔族への転生を果たした。元々、死霊化して操られているので、すんなり呪いを受け入れたと言った方がいいかもしれない。

まずマリアンヌだが、その金髪縦ロールは薔薇のように紅《あか》い髪へと変化した。そして髪と同じ色のドレスアーマーを着たBランク魔族【紅天女《ヘルヴィナス》】へと転生した。依然としてケバいが、なんか数段エロくなったような気がする。特に目付きと胸が。その道の方は喜びそうな風貌である。

そして次にアーヴァイン。彼もBランク魔族【悪修羅《ベレス》】へと転生した。大鎌片手に冒険者たちの命を刈り取るダンジョンの死神だ。めっちゃクールそうに見えるが話しかけると熱血応援団というギャップ。でも、この中で一番まともかもしれん。青春ドラマの主人公とか似合いそうだ。

最後は一番キャラ濃い二人組。こいつらはミノタウルスの上位種【金角《ゴールドホーン》】と【銀角《シルバーホーン》】になっていやがった。ちっ……失敗すれば良かったのに。Bランク、しかもレアな魔物たちだ。恐ろしいほど隆起した筋肉に四本の腕。そして金角は身の丈ほどある鉄扇を持ち、背中には大きな黒い瓢箪《ひょうたん》を背負っていた。隣の銀角は大きな鉈《なた》のような刀に、左腕に巻かれた鎖鉄球。二人の暑苦しさが倍増だ。全く以《もっ》て嬉しくない……。

「おーほっほっほ！　素晴らしい身体ですわ！　これでわたくしの美しさも一層磨きが掛かるというもの。これも全てヨルシア様のお力のおかげ。この身を以てヨルシア様に尽くしますわぁ！　いつでも夜迦《よとぎ》へとお呼びくださいまし」

なぜかリリーナとマリアンヌの間にバチバチの火花が見えるんですけど？　あの、マジ怖いんでやめてもらえます？　めっちゃ寒気がする。

「押忍！　自分もヨルシア団長に永遠の忠誠を誓います！　押忍!!」

こっ、この子が一番まとも!!　アーヴァイン君！　俺の中での君への評価が絶賛上昇中だよ!!

「やーねー。ピース、あの二人ヨルちゃんへのゴマスリがあからさまじゃない？」

「そうよねーラブ。私たちのヨルちゃんへの忠誠心はこの拳で見せつけてやりましょ!!」

「そう、漢《おとこ》を語るなら拳で語れって、バーのママ（漢）も言ってたし。あぁん、楽しみだわ！　ヨルちゃんが私たちへ寄せる信頼のま・な・ざ・し」

「ラブ！　いけないわ。まだ想像しちゃダメ！　絶対ダメよ！　じゃないと私たち……、期待しすぎて夜眠れなくなっちゃうわ!!」

「んもう、ピースったら乙女すぎ！」

「ラブちゃんもよー!!」

なんだこいつら？　ブン殴ってもいいのか？　牛面《うしづら》筋肉がクネクネすんなやぁぁー!!　イラっとする。おろすぞこらぁ!?

しかし、本当にどうしよう？　こいつらマジで魔族になっちゃったし……。もう面倒を見るしかないよなぁ。

「おい、とりあえずお前ら落ち着け」

「「「「はっ!!」」」」

おっ、意外にもすんなりと命令聞くんだな。

「とりあえずメイド《シルキー》たちに部屋を用意させるからそこに住んでくれ。またダンジョンの方針が決まり次第、階層を任せるか城の警護を任せるかを決めるから。それまで待機で。いいな？」

「「「御意《ぎょい》!!」」」

うん、面倒くさいから全て後回しだ。きっと成るように成るだろう。……もう知らん。

だが俺は思いもしなかった。この四人が後にダンジョンの死天王として恐れ慄《おのの》かれることを。

「ょょヨルシア様ぁぁぁぁーー!!　自分もぉぉぉぉ、魔族にぃぃぃー、転生したいでぇぇぇーありますぅぅぅーー!!」

一番面倒くさそうなギルマスが何やら叫んでいたがフルシカトした。こいつはミッチーに丸投げしよう。もう疲れた。

⌘

非常に濃い四人のキャラたちがウチの城に住み始めて一か月ほどが経った。俺はというと毎日マリアンヌと牛面ブラザーズに迫られている。まさに悪夢である。

まともなのはアーヴァイン君だけで風呂場では牛面ブラザーズから俺を全力で守ってくれている。

アーヴァイン君は超いい奴なので、この四人のリーダーを彼に任せることにした。

頼む、アーヴァイン君!!　あの三人を制してくれ……。

そしてマリアンヌはリリーナと毎日喧嘩していた。理由が至極しょーもない。何せ俺との夜伽でのことだからだ。

ふっ……笑っちまうだろ？　息子の引き篭もりを放置してたら、いつの間にか再起不能状態まで陥っているのに夜逝のことで揉めるなんてどうかしてる。もうほっといてほしい。いや、むしろ忘れてほしい……。俺のデリケートゾーンだから。それでもマリアンヌは俺と一緒に寝たいらしく常に寝室へ潜り込める口実を探していた。勘弁してくれ。既に二人も抱えて寝てるのだ。三人目はどこで寝るというのだ？　宙にでも浮くのだろうか？

そして最後にミッチーだが、その有り余る魔力を使って急速にウィンクードの街を発展させていっている。街の人口は既に千人を超え、ちょっとした小都市になっていた。なんでも楽市楽座《らくいちらくざ》という商業施策を街に取り入れたらしく、商人がウィンクードに店を出店するにあたり、一時的に課税免除にしたようだ。そしてダンジョンから発掘される物を、商人を通じてミスリルウォークと交易し、街を短期間で発展させていっている。ミッチーって中身は変態だが、その手腕は評価せざるをえない。しかし、それに伴いダンジョンの階層を新たに追加しなければならなかった。

あの四人が魔族へと転生した日。ミッチーとダンジョン経営について話し合ったのだが、当時このダンジョンの評価は帰らずのダンジョンとまで呼ばれ最悪なものだったらしい。しかも国は勇者派遣まで検討していたようだ。

そこでミッチーがあえて三階層ほど攻略済みとし、採取・採掘などが可能なダンジョンとして開放してみたらどうかと進言してきたのだ。そうすれば、このダンジョンもウィンクード、いや王国の発展のために必要なダンジョンとして確立される。資源が採掘でき、利益を生むことが可能であればダンジョンを潰すということはないらしい。そして三階層以降は領主命令で立ち入り禁止とすれば上手くＷＩＮ－ＷＩＮな関係になれる算段だ。

　冒険者たちはダンジョンの魔物たちの素材や鉱物の発掘、ダンジョンとしては魔物たちに倒された冒険者たちから魔素が回収できる。しかも領主命令を無視して三階層以降に降りてこようものなら、強くなったウチの魔物たちの餌食《えじき》となる。冒険者の数も以前に比べ少数となるはずなので対処もしやすい。とてもいいロジックだ。さすがミッチー！

　と、いうわけで階層を増やしてみた。現在のダンジョンはこのようになっている。

■一階層：巨大戦闘用フィールド（洞窟型採掘可、採取可）
■二階層：自然来住型魔物用フィールド（ＮＥＷ！　草原型採掘不可、採取可）
■三階層：自然来住型魔物用フィールド（ＮＥＷ！　高原型採掘可、採取可）
―これより人族立ち入り禁止区域―
■四階層：ゴブリン迷宮（集落はフィールド）
■五階層：地底湖迷宮（地底湖はフィールド）
■六階層：地下水脈迷宮
■七階層：沼地フィールド
■八階層：地底魔城フィールド

　まさかの八階層!!　ウチのダンジョンも大きくなったもんだ。

　一階層に棲み着いた魔物たちもその数を増やし、ダンジョンをかなり圧迫していたので、今回階層を増やせたのは非常に良かった。今ではその魔物が住みやすい環境を選べるという夢のダンジョン！　一階層から三階層までは様々な魔物が住む楽園と化しているのだ。リリーナ曰《いわ》く、この地が地上の魔素が集まりやすい混沌地《カオス・ポイント》であるおかげらしい。とまぁ、これがウチのダンジョンの近状だ。

さて、それよりも問題なのが今日も目の前でリリーナとマリアンヌが喧嘩をしていることだ。いつにも増して喧騒が激しい。マジでいい加減にしてほしいが、口を挟むと飛び火する恐れがあるので何も言わない。そう、俺は勉強したのだ。余計なことを言わないと。

「いい加減諦めたらどうですか!?　このケバ年増!!」

「カッチーーン……小娘ぇ。言ったわね!!　この変態淫魔《いんま》が!!」

「なっ……なんですってぇー!?」

はぁ……、今日もキャーキャーと喚《わめ》いてる。二人とも毎日毎日疲れないのか？

「のう、ヨルシア。そろそろ止めなくても良いのか？　そちを巡って争っておるのだぞ？」

「エリー、アレの中に仲裁《ちゅうさい》に入れっつーのか？　勇者討伐より酷だぞ？」

「アホか!!　お主が仲裁せずに誰がするのじゃ？」

エリーの言うことはわかるが正直面倒くさい。風呂上がりの買い出しよりも面倒くさい。

「ヨルシア様!!　貴方様もこの変態淫魔に騙《だま》されております！　どうか早く目をお覚ましくださいませ！」

「あっ……あなた！　本当にいい加減にしなさいよ!!　言っていいことと悪いことがあるわ!!　それ以上話すのならこっちだって容赦《ようしゃ》しないわよ！」

「お－ほっほっほ！　格上相手に勝負を挑むなんていい度胸じゃない。いいわ！　力の差を思い知らせてあげる。掛かってきなさい小娘」

あっ、これはあかん。ガチの喧嘩になる。さすがに止めないとマズイか。つか、マジで俺がやんの!?　うわぁ……めーんーどーくーさーいー。しかし、そうは言ってられないので止めに入る。

「なぁ、二人ともいい加減にしろって。身内同士が争うなよ！」

俺が叱ったことにより意外にもリリーナがシュンっとした。これにはビックリ。しかしマリアンヌはそれでも納得いかないようだ。

「お言葉ですがヨルシア様。かねてからお伝えしておりますが、わたくしはヨルシア様を一人の女としてお慕い申しております。それはもう海よりも深く空よりも広い『愛』でございます。それなのにその小娘はヨルシア様に愛を伝えることもなく、ただ一番初めに出会ったからという理由だけでヨルシア様の愛を独占しております。わたくしにはそれが許せません」

独占？　愛？　どういうことだ??　俺には正直なんのことか理由がわからなかったが、次のマリアンヌの言葉で全てを理解することになった。

「これは御身のために申し上げます。決してその小娘が憎くて申し上げるのでないことを承知くださいませ。ヨルシア様、その小娘はあろうことに……」

「やめてっ!!」

リリーナが突然大声を上げてマリアンヌの言葉を遮《さえぎ》った。

めっちゃビックリした。リリーナがこんな声上げることなんてなかったもんな。やっべ……、相当怒っているのか？

恐る恐るリリーナを見ると、その表情はなぜかとても悲しそうだった。

「これ以上は本当にやめて。お願い……」

「おーほっほっほ！　今更何を仰《おっしゃ》ってるのかしら？　わたくしは先ほどお伝えしましたよね？　許せませんと？　貴女《あなた》はヨルシア様のお人柄を利用し、今の今まで『愛』もなく無作為にヨルシア様の身体を貪《むさぼ》っていたではありませんか。ましてや一番の側近である貴女が自分の気持ちを伝えず……」

「わかってます!!　自分で言うから待って!!」

なんだか空気が重い……。バカな。界〇星に来た覚えはないのだが？　つか、さっきまでそんなことなかったやん。この張り詰めた空気……俺、めっちゃ苦手なんだよね。あっ……、緊張しすぎておなら出そう。

それにしてもなぜこーなった!?　しかもリリーナにしては珍しく何か言い辛そうにしている。もはや嫌な予感しかしねぇ。それにこの緊迫した空気に俺は耐えられない。もう吐きそうだ。

……よし、終わらそう!!　俺には無っ理でーす!!

「リリーナ？　そんなに言い辛いのなら無理に話さなくても……」

「ヨルシア!!」

俺が話さなくていいと言いかけたところでエリーの待ったが入る。

えぇーー……まじかよ。しかもなぜか少し怒っているようにも見えるんですけど？　ちょっと待て、俺なんかした？　空気悪いから終わらそうとしただけなのに。

「ちゃんと、真剣にリリーナの話を聞いてやるのじゃ」

「おっ……おう！」

思わず雰囲気に呑《の》まれ返事を返してしまう。

あの、エリーさん？　俺、至って真面目だったんだけど？

再度、リリーナの方を見ると何かを決意したのか彼女の両手にグッと力が入るのがわかった。

あっ……あれ？　もしや殴られるパターン!?　俺なんか地雷踏みましたっけーー!?

「私はずっと前からマスターのことが好きなんです!!」

リリーナが叫ぶようにして言い放った衝撃の一言。

は？　え？　今、何が起こった!?　すすすっ……好きとな？

おおお、おっ……俺ぇぇぇ!?　ヤバい、脳内処理が追いつかなくてバグりそうだ!!

リリーナの地雷を踏んだかと思ったが、爆弾は爆弾でもそれは愛の爆弾だった。

⌘

「私はずっと前からマスターのことが好きなんです!!」

好きなんです……、好きなんです……、好きなんです……。

リリーナからの突然の告白で、頭の中が真っ白になり今のセリフにエコーが掛かる。

すっ……好きとな!?　えっ、すっ……すすす好きなの？　俺のことを⁇　つか、スキってなんだっけ？　鋤《すき》？　空《す》き？　あぁっ!!　わかった隙か!?　そっか、なるほどな。俺に隙があったのかー。

「ヨルシアよ。お主、壮大な勘違いをしておらぬか？　顔にそれが出ておるぞ？　リリーナはお主のことを愛しておるのじゃぞ？　一人の男としてちゃんと答えてやらぬか！　あぁ、そうそうついでに言うておくが妾もお主のこと好きじゃぞ？」

かるっ!!　エリーの愛情かるっ!!　ビックリするほどかるい!!　その好きって食べ物や趣味とかと同じ好きなんじゃないのか!?　何に便乗してんだよ!!

しかし、リリーナは俺のことを、その、なんだ、あっ……あああああ愛しているのか。そうか……、その好きなのか……。

俺がなんて答えようか考えているとリリーナが先に口を開く。

「初めて会った時は、正直マスターのことをクズとかゴミとか思ってました。ダンジョンの仕事もしないし、眷属のことも考えていない最低のダンジョンマスターと思ってたんです」

あれぇー……、リリーナさん？　いきなりディスってくるね？　まぁ、しかし本当のことだから仕方ないか。うむ、的を射ている！

「でも……でも違ったんです!!　マスターは誰よりもダンジョンのことや眷属になったみんなのことを考えてくれてました！　本来であればマスターを守るべき盾である私たちを、マスターは何よりも大切に思ってくれてました。そんなマスターを見てたら気付かないうちに、その……すっ、好きになってました」

「そっ……そうか！」

俺が話しているわけでもないのに、めっちゃ恥ずかしいのはなぜだ!?　青春臭がプンプンする!!

誰か助けてっ!! 顔からゲヘナの爆炎が出そう!!

「でも、私にマスターになる資格はありません……。私はマスターをずっと裏切り続けていたんです」

あ、あれ? 何やらいきなり雲行きが怪しくなってきたぞ?

ふとエリーとマリアンヌを見ると二人は静かにリリーナを見守っていた。するとリリーナの目から大粒の涙が溢れ出した。

「私は……、私は……マスターに黙って吸精《きゅうせい》行為をしていたんです!!」

リリーナの言葉で部屋の中が静まり返る。

きゅ……吸精行為? でもそれって確かサキュバスの食事みたいなもんだよな? なんか悪いことでもあんのか? 要は生理現象だろ?? あれ? ダメなのか?

あっ……。この時、俺は恐ろしい事実に気付いてしまった。なぜ、俺の息子が勝手に引き篭もりになってしまったのかを……。

息子よ……お前……お前ぇぇぇ!? 毎晩毎晩、マッ○シェイクのようにチューチューと精気を吸われてたのか!! そら、引き篭もりになるわ!! だとしても変だ。エリーも一緒に寝ていたはずだし、そんな相撲みたく激しい行為を行ったら俺が起きないわけがない。……なぜだ?

するとエリーがドヤ顔で話しかけてきた。

「ふふふ……、ヨルシアよ。お主またも疑問に思っておるな! リリーナが妾を売れるはずもないからのぉ。妾、自ら教えてやろう。きっとお主は妾が傍《そば》にいるのに吸精行為なんて無理じゃと思っておるはずじゃ」

おう！　その通りだ。俺はロリNGだし、あまり詳しいことを書くとノクターン送りにされるからな！　そう思いながら俺は静かに頷いた。

「ふふん、簡単なことじゃ。妾もそれに参加し、お主が目を覚まさぬように催眠の魔法を掛けたからじゃ‼」

「バカなんじゃないのっ⁉」

この駄女神は何を言っているのだろう？　本物のバカなんじゃないだろうか？　マジで狂ってる‼　ドヤァって顔するんじゃねぇ‼

「マスター……本当にごめんなさいっ‼　マリアンヌの言う通り私は許されない行為をしてきました。私はマスターの傍にいるべき者ではありませんっ‼　だから……だから、すぐにダンジョンから出ていきます‼」

そう言ってリリーナは泣きながら部屋を飛び出していってしまった。

おっ……追った方がいいのだろうか？　それとも一人にしてあげた方がいいのか？　わからん‼　俺、どーしたらいい⁉　ストレスで胃に穴が開きそうだ‼

あまりのストレスで、床で「おうおう……」と言いながらゴロゴロ転がってるとマリアンヌが話しかけてきた。

「ヨルシア様、どうなされるのです？　あの頑固で馬鹿な小娘が本音でヨルシア様にお気持ちを伝えました。きっとどこかで自分を責めて泣いているはずです。追って差し上げなくてもよろしいのでしょうか？」

意外にもマリアンヌがリリーナをフォローしてきた。

おや？　あんたらお互いに仲が悪いのではなかったのか？

「わたくしはヨルシア様に黙って吸精行為を行っていた小娘を許せないだけであって、ちゃんと自分の想いを告げたのなら、想い人が同じだけの仲間でございます。ですのでリリーナさんのことがちゃんと片付きましたらわたくしにもお返事いただけたら嬉しく思います」

マリアンヌって言動の割にはいい奴なんだな。ちょっと見直した。後は、その化粧と香水さえなんとかしてくれればなぁ……。

「ヨルシア！　マリアンヌの言う通りじゃぞ？　早くリリーナを追わんか!!」

この駄女神はなんでこんなに偉そうなのだろうか？　つか、お前も元凶の一人だよね？　でも、エリーは神様なので俺はそんなことを言わない。けしてエリーが怖いからじゃないよ？

そして、俺はリリーナを捜しに城を飛び立った。


リリーナを捜しに城を出たのはいいが、この八階層にいるのだろうか？　うちのダンジョンかなり広くなっちゃったから一階層から虱潰《しらみ》しに捜すのすっげー大変なんですけど？　しかも会ったところでなんて声掛ければいいんだ？　うーむ、悩む……。

城の上空を飛んでいると、日が暮れ始めていた。今日も夕日が綺麗だ。そういえば天候投影って外の空を忠実に再現してくれるんだっけ？　リリーナがそんなこと言ってた気がする。ほんとリリーナって俺に色んなことを教えてくれたよなぁ……。

思い起こせば俺ってリリーナがいなきゃ何もできないダメ男だったんじゃないだろうか？　仮にダメ男総選挙なるものがあるのであれば、最速で当確を取る自信がある。うーむ……。

自分自身のダメ男っぷりを再認識し、空中で胡坐《あぐら》をかきながらブルーになっていると、湖の畔《ほとり》で一人膝を抱えて泣いているサキュバスを発見した。……やれやれ、見つけてしまったな。

悩んでいても仕方ないので、俺は静かにリリーナの隣へと降り立ち、そっと横へと座った。リリーナを見ると、しゃくり上げていて口が利けないほど泣いていた。

きっ……、気まずい。何か話さなければ……、って何を話せばいいんだ？　こんな時に気の利いた言葉の一つでも言えればいいんだが、残念ながら俺にそんなイケメンスキルはない。

でも、何か話して場を和ませないと。……しゃーない、俺の身の上話でもすっか。

「なぁ、リリーナ。そのままでいいから俺の話を聞いてくんねーかな？　あのさ……、俺って生まれてすぐにスラム街に捨てられてたんだわ。親の顔とか知んねーの。でな、ちょうど通りかかったトロールのじいさんに拾われて育ったんだけど、これがまた酷くてさ。仕事もやらねーし、酒も飲むし、殴られるし。拾った理由聞いたら俺を使いっ走りにするために拾ったんだってさ。笑っちゃうだろ？　二歳くらいまではパシリで良かったんだけど、成長するにつれてコソ泥生活っすわ。もう何か盗んでこねーと問答無用で殴られるまさかの人生ハードモード」

おっ、リリーナのしゃくり声が少し静かになった。聞いてくれてるのだろうか？　にしても懐かしき我が暗黒時代。自分で言うのもあれだがほんとよく生き残ったよな。

「でな、十歳になった時、そのトロールじいさんが死んじまって長きにわたるパシリ生活からやっと解放されたのよ。いやぁー、あん時はマジで嬉しかったねー。じいさん死んで喜ぶなんてクズの発想だけど、そんなこと考える余裕もなく自由になれたのがとにかく嬉しかった」

「…………」

「それからは毎日生きるためにバイト生活。もうひたすら働いたね！　魔素を買うために掛け持ちでバイトを五つもやってたし。つか、俺が働くなんて想像できねーだろ？　マジなんだぜ？　そんな時、バイト先の先輩からダンジョンマスターのこと聞いてさ、なんつー夢の職業なんだろうと幼いなりに感動したわけですよ」

俺、なんでリリーナにこんなこと話してんだろ？　今まで誰にも話したことないんだけどな。

「それから魔学に入るために寝る間も惜しんで必死で勉強しまくったね。今思えば働くか勉強しかしてなかったな。まぁ、その甲斐《かい》あって無事合格したわけなんだけれども」

うん。あん時は何かに取り憑《つ》かれたかのようにやってたなー。もう二度とやんねーけど。

「で、当初の予定では一人でこっそりとダンジョンに隠れ住むはずだったんだけど、気が付いたらゴブリダがいて、リリーナがいて、エリーも来て、知らないうちにどんどんメンバーが増えていってさ。気付いたらダンジョンも信じられないくらいデカくなってるし」

ふと、横を見るとリリーナが顔を上げて俺の話を聞いててくれた。……目が真っ赤だ。

「正直、これって俺が頑張ったからこのダンジョンが立派になったわけじゃなく、みんなが頑張ったからこのダンジョンはここまで大きくなったわけですよ。だから俺が凄いわけじゃなくて、みんなが凄いわけ。おわかり？　そう、俺はただのお飾りであってメインではない！　ケーキでいうなれば名前が入ってるだけのチョコプレート!!」

そうなんだ。俺は特に何もしていない。マスタールームで毎日鼻くそほじってるだけだし。

「このダンジョンの一番の立役者は……、お前なんだよリリーナ。だからリリーナがいなくなっちまったらウチのダンジョンあっという間に潰れちまうぜ？」

「…………まぁすたぁ」

リリーナの目尻から再び涙が溢れ出す。

「俺はリリーナに出会って良かったとマジで思ってる。そして俺はもうリリーナ抜きで生活をできないとも思っている。俺は何一つダンジョンのことや、生活のことをリリーナ抜きでやりきる自信はないっ!!」

「…………」

あれっ？　なんかリリーナが大事だよって伝えようとしたのになぜか誤爆した感じがする。

ちょっとリリーナさんが顰《しか》めっ面になったような気が……。これでは捉えようによってはおかしな方向へ行きそうだ。やはりこういう場面ではイケメンスキルが必須なのか……。

「私に対するマスターの気持ちはよくわかりました。でも私、マスターに黙って吸精行為をしてたんですよ？　それでもマスターは私のこと許してくれるんですかっ⁉　それにマスターは私のこと、すっ……すすす好きなのですかっ⁉」

Oh……、オジョウサーン答えを求めるのが早すぎデース。

しかし、ここで嘘をついても仕方ないので俺は包み隠さず今の気持ちをリリーナに話した。

「まず先にリリーナに言っておくが、俺にはその好きっていう気持ちが正直よくわからん」

するとリリーナの表情が心配になるくらいみるみる痩《や》せ枯れていった。

ヤバい!!　リリーナがマジで死にそうだ⁉

「リリーナ、待て!!　最後まで俺の話を聞けって!!」

俺はリリーナの両肩を掴み、萎《しぼ》んでいくリリーナを強く揺すった。

「まずな、リリーナが俺に黙って吸精行為をしていたことについてだが、その話を聞いた時は別に嫌ではなかった！　むしろ、どちらかというと嬉しかったかもしれん！　……んっ？　変態か？今の俺の発言変態かっ!?」

リリーナの表情に力はなかったが、なぜか嬉しそうに首をゆっくりと横に振った。

「さっきも言ったが、俺がこれから生活していくうえで真っ先に名前の挙がる存在はリリーナなんだ。だから、リリーナがいないという選択肢は俺の中にはない！　オーケー？」

またもやリリーナは嬉しそうにゆっくりと頷いた。

「これが好きっていう気持ちなのかはわからないが、リリーナが大切っていうのは確かだ！　それにこんなじゃじゃ馬な性格じゃあ嫁の貰い手なんか俺くらいしかいねーだろ？　だからこんなことくらいで俺の傍から離れるな!!　いいな？　わかったなら、これからも俺の傍にずっといろ!!」

リリーナの目から大粒の涙が滴《したた》り落ち、絞り出すように声を出した。

「…………はいっ!!」

そしてリリーナは俺の胸の中で泣きじゃくった。

あーぁ、服が涙でベトベトだ。でも、リリーナさんが納得してくれたようで良かった、良かった。

これで万事解決である。

いや、しかし待てよ……。俺、さっきめっちゃヤバいことを言ったような気がする……。脳内ログを巻き戻そうか。

えーと、これが好きっていう、うんたらかんたら……。んっ??　あれ？　これってまさか……。

プ・ロ・ポ・ー・ズ・し・て・な・い・か？

ちょいちょいちょい！　タンマ！　マジでタンマ！　リリーナを引き留めるつもりが何やら大変なことを口走ってんだけど？　いつの間に呪われた⁉　いや、本当にそんなつもりはなかったんだって！　この口が、この口が調子に乗って……。

リリーナを見ると静かに目を閉じ、顔を俺の方へと少し上げた。

……はい、手遅れーー。この状況でさっきのなしとは言えないよな？　うん、言えねぇ……。言った奴、神だぁ！　もうこうなった以上責任取るしかないよなぁ……、あぁーーもうっ‼

俺は少し屈んでリリーナの小さな唇にそっと触れるように口づけを交わした。

⌘

森の中で、なんやかんやあり俺たち二人はエリーとマリアンヌが待つ自室へと戻った。

マリアンヌは空気を読んだのか既に部屋にはいなかった。とりあえずエリーには仲直り？した旨を伝えると、エリーもなぜか嬉しそうだった。

「リリーナ！　良かったのう！　これで万事解決じゃ！」

「エリー様、心配かけてごめんなさい。もう大丈夫です！　マスターから、その……、求婚もされましたし……、これからは妻としても頑張っていこうかと思います」

リリーナは耳まで真っ赤にしながらそう話した。

いや、求婚したつもりはなかったんだけど……。というか妻って⁉　展開早すぎだろ？　そしてリリーナも受け入れるの早すぎっ‼　既に彼女の中でのポジショニングが俺の正妻になってるような気がしてならない。

「かっかっか！　そうか、そうか。しかしこれでもう隠す必要もなくなったのぅ。これからは堂々と吸精をすることができるというわけじゃ」

「はいっ‼」

リリーナが元気良く返事を返す。

は？　堂々と吸精？　そうか、そうなるのか……。

俺が呆然としてるとリリーナがまた悲しそうに聞いてきた。

「マスター、ダメ……ですか？」

「いや、駄目ではないけど……逆に俺でいいのか？」

リリーナはゆっくりと嬉しそうに頷いた。

「マスターがいいんです。だから、ずっと一緒にいてくださいね？」

儚《はかな》げにそんなことを言うリリーナが、物凄く可愛く思えてしまい思わず抱きしめてしまった。

なぜかエリーも嬉しそうに俺の後ろから抱きついてきたのは謎だが。

⌘

その夜、俺は初めて本気の女夢魔《サキュバス》というものを思い知った。もうね、吸精行為って言葉にできないくらい凄いものでした。これは人間（雄）が魂捧げても吸精してもらいたくなるのも頷ける。まじサキュバスパネェ!!　夜のお店のねーちゃんたちとは次元そのものが違った。ちなみに女夢魔にとって魔力の強い精気というのは凄く濃厚で美味らしく特に俺のは極上物らしい。
途中、リリーナの目が肉食獣のソレに変わった時は若干恐怖を感じたが、俺の息子は勇気を持ちしっかりと立ち向かった。そう、息子が……息子がやっと一人立ちを……。（涙）
そして俺が寝ていた時とは比べようもないくらい大量の魔力が、精気と共にリリーナの体内へと放たれ、気付いたらリリーナは気を失っていた。その後、よくわからないうちにエリーに襲われたがロリNGなので以下省略で。いやぁー、まいった、まいった。

⌘

そして翌朝。目が覚めると、俺の隣には身体つきが大人びたリリーナが眠っていた。

あれ??　リリーナさんがモデルのような超マブいねーちゃんになってんっすけど？　美少女から超絶美女に変わってる……。

リリーナが月夢魔《リリス》へと進化を果たした。

第二章　勇者襲来

「マスター、朝ですよー。そろそろ起きてくださーい」
「うーん……あと十分〜」
「……もうっ!!　マスター、いい加減に起きないと朝から吸精しちゃいますよっ!!」
「それは勘弁してください！」

俺はベッドから飛び起きダッシュで洗面所へと逃げていった。リリーナのジト目が痛い。でも仕方ないだろ？　昨日もあれだけ搾り取られたのだから……。

もうどうしてこーなったのか覚えてないが、リリーナが俺の正妻となって早三か月。俺は毎晩毎晩と彼女たちに襲われ続けている。主犯はリリーナ、エリー、マリアンヌだ。

リリーナは進化してからというもの、あのじゃじゃ馬な性格が少し落ち着き優しくなった……と思う。それでもたまに鉄拳制裁はあるが。そして容姿も美少女から美女へと変貌し、不覚にもこの俺がドキっとする場面がある。……解せぬ。

それに比べエリーは相変わらずのチビだ。そろそろ家に帰れよと思いつつ早数か月……。恐る恐るリリーナを通して本部にチクリを入れたのだが、問題ないので預かってくださいと言われた。なぜだー!?　神様そんな扱いでいいの？　……解せぬ。

そして最後はマリアンヌ。彼女、夜だけあの厚化粧をやめたのだ。するとビックリ、めっちゃ清楚な爆乳お姉さんが爆誕した。しかも化粧を取ると、あの高飛車な性格ではなくて、お淑《しと》やかお姫様キャラに変貌するという謎のオプション付き。どうやら元の性格はお淑やかお姫様の方らしい。弱い自分を隠したくて厚化粧をして誤魔化していたようだ。女は化粧をすると変わると言うが、まさか性格まで変わるとは……。一度で二度おいしい……のか？　……解せぬ。

今では左にリリーナ、右にマリアンヌ、身体の上にエリーと謎のフォーメーションまで確立し四人で寝ている。起きている時よりも寝る方が疲れるってどういうことだろうか？　……解せぬ。

⌘

先日、ミッチーが騎士爵から小貴族の男爵へと陞爵《しょうしゃく》した。なんでも開拓村の短期発展と、高位悪魔将《アークデーモン》が住むダンジョンを抑えたのが陞爵の理由らしい。

そのことを朝から謁見の間へと報告に来ていた。

最近のミッチーは、バリバリ働きまくってて俺も会うのは久しぶりなんだよな。ウィンクードの街もちょっとした城塞《じょうさい》都市と化し、今では立派な城壁が街を囲んでいる。

そして、街の中央にそびえ立つミッチーの居城。その名も『ウィンクード城』。なんでも俺の城を見てたら、自分も城に住みたくなったんだってさ。自分の持てる魔法や技術、全てを駆使して、寝る間も惜しんで三週間で建てやがった。やりすぎだろ？

ちなみにこの城、以前ミッチーがいた世界の『チバ』というところにある城がモチーフらしい。俺の城と比べると小さな城だがセンスが良くフォルムも綺麗だ。街が華やかになったことで、ウィンクードの街も人口があっという間に三千人を超え、その勢いはとどまることを知らない。ほぼ商人と奴隷なのだがそれでも凄い。付いた二つ名は【夢の街ウィンクード】。税収が右肩上がりで笑いが止まらないんだってさ。そういう俺も一日で回収できる魔素の量が6000ほどあるので笑いが止まらない！　DP変換したら、デイリーで3000DPだぜ？　ミッチー様々だ！

こうして、異例の新人男爵だけど城住まいという、他の小貴族たちが嫉妬に狂いそうな肩書きをミッチーは手に入れた。

話の最後、ミッチーにリリーナが嫁になったと報告をしたら血の涙を流し「クソがっ！　爆発しろ!!」とよくわからない呪文詠唱をされた。しかし魔法は発動しなかった。彼は何がしたいのだろう？　そんな謎の行動をしているミッチーから出てくる俺への嫉妬の怨念。彼はそんなにリリーナのことが好きだったのだろうか？　ミッチーすまんな。

ミッチーが四つん這《ば》いになり、謁見の間の床をドンドンと叩くこと五分。ようやく彼は落ち着いたようで、スッ……と立ち上がった。

「ヨルシアさん、すんません。取り乱してしまいました」

「いや、いいけどさ。つかミッチーってリリーナのこと好きだったのか？」

隣に立ってるリリーナがなんてこと聞くの!?といった驚愕の表情で俺を見てくる。いや、気になっただけだしそう睨むなよ。

「いえ、リリーナ様がというわけではないんですけど、サキュバスの嫁は俺の夢というか、野望というか、希望といいますか、とにかく生きる原動力だったんすよ」

うわぁ……、ミッチーの偏《かたよ》りすぎな種族愛がヤバい。リリーナさんガチで引いてらっしゃる。

「いつかはサキュバスといいますか、転生したらまずはサキュバスといいますか、とにかく俺サキュバスが好きなんすよ!!」

うん、ミッチーそろそろ黙ろうか？　もう彼の発言が狂気に近い。オペレーター席にまだサキュバス十人いるぜって言ったらストーカーにでもなりそうだ。申し訳ないが秘密にしておこう。

「ミッチー、君のサキュバス愛はわかった。いつかミッチーのことを好きになってくれるサキュバスが現れるといいな（白目）」

「はいっ!!」

そうミッチーに語りかけると嬉しそうに帰っていった。彼のハーレムルートに幸あれ。


「マスター、あんなこと急に言わないでください！」

「あんなこと？」

「ミチオさんが私のこと好きかってことです！」

「は？　なんで？」

「えっ!?　だって…、マスターは私が他の男性に奪《と》られてもいいんですか？」

リリーナが顔を真っ赤にしながらクネクネと身体を捻《ひね》る。リリーナが他の男にねぇ……。

なぜだろう？　その男性に同情しか湧いてこないんだけど？　しかし、ここで肯定でもしたら、きっと謁見の間に血の雨が降ってしまう。主に俺のだが。だから俺はそんなことは言わない。

「いや、ダメに決まってんだろ？　それに……」

「それに？」

「他の男がリリーナの鉄拳に怯えるだろ？　ただでさえ握力ゴリラなんだからさ。つか、それに耐えられるのなんて俺くらいじゃねぇか？」

「…………ゴリラ？」

謁見の間に血の雨が降り注いだ。

⌘

リリーナさんの鉄拳制裁が終わりマスタールームへと移動した。

「のう？　ヨルシア、お主顔の形が変わっておらぬか？　今度は何をやらかしたのじゃ？」

「いや、ちょっとですね……」

「夫婦喧嘩ですっ!!」

まだリリーナがプリプリしてる。そんなに怒らなくてもいいのに。リリーナさん進化して強くなったから、そこそこダメージ入るんだよな。自己再生が追いつかない。

「まぁ、ヨルシア様!?　なんてお姿に!?　大変っ!!　……来なさい白薔薇《ティア・ドロップ》っ!!」

マリア（マリアンヌの通称）がそう言うと、床に魔法陣が浮かび上がり、そこから白炎で形成された荊《いばら》の蔓《つる》が俺に向かって伸びてきた。

すると目の前で白い炎の薔薇が咲き、ポワッ……とした暖かい光が俺の顔を包み込む。

うわー、あったけー。何これ？　めっちゃ気持ちいいんですけど？　しかも薔薇のいい香りがして癒《いや》されるぅー。

みるみる俺の腫れた顔が元通りになり痛みも引いていった。

これ回復魔法だったのか。すげぇー!? マリアが女神に見える。

「リリーナさんっ!! 少しは手加減されたらどうですの! ヨルシア様に万が一のことがあったらどうするつもりですか! あっ……、でもそれはそれで付きっ切りで看病ができますわね。リリーナさん!! なぜもっとぐちゃぐちゃにされませんでしたの!?」

……前言撤回。なぜ言い直した? 実はマリアもポンコツなのか? つか、ぐちゃぐちゃって。死ぬ一歩手前ですやん。

「マリア、あなた付きっ切りで看病しようと考えてるけど無駄よ! 私も進化してから回復スキル使えるようになったから。一人でマスターの看病なんてさせないわ!」

「ぐぬぬぬ……、そうでしたわね。いいでしょう! ならばリリーナさん勝負よ! どちらがよりヨルシア様を治せるかを! ヨルシア様、申し訳ありませんが、もう一度ボコボコになっていただけませんでしょうか?」

「ならねぇーよ!! つか、お前ら狂ってんなっ!! サイコか!?」

本当にウチのチーム女子は恐ろしい。サラッとキツいこと言ってくるからなぁ。

「つか、そろそろ本題を話していいか?」

「本題? 何かあったんですか?」

リリーナが首を傾《かし》げて聞き返してきた。

「ミッチーの話だと、今日からウィンクードの街で三日間お祭りをやるらしい。ミッチーの陞爵祝いの祝祭が開かれる。そして、ここからが非常に重要だ。……俺は魔族人生の中で、お祭りというものを経験したことが一度もない」

そう、魔界には人族たちのように楽しそうな祭りがないのだ。もっと、こうドロドロとした派閥争いが絡んだものしかない。怖い人たちがたくさんいて、抗争という名の祭りが毎年開催される。

「そこでだ！　どーしても俺はこのお祭りというものに参加してみたい!!　だからリリーナ……。幻術を掛けて俺を人族に見せ……」

「アホかぁぁぁぁーー!?」

話の途中だったのだが、リリーナさんの黄金の右が治ったばかりの俺の顔面を直撃する。

あーぁ、いいのもらっちまったな……。立ち上がることすらできんとは……。思わず白目で痙攣《けいれん》してしまう。それにしても酷くないか？　ただお祭りに行きたいって言っただけなのに。

そして俺の意識は久しぶりにブラックアウトした。


「あいたたた……。おい、リリーナ！　少しは手加減してくれてもいいじゃねぇか！」

「マスターが馬鹿なことばっかり言っているからじゃないですか！」

プリプリしながらもリリーナは【月の抱擁《ライフオブディアナ》】という回復スキルを俺に掛けてくれた。さすが保有魔力量10万超え。治りも早い。

「はぁー、お祭り行きたかったなー……」

「駄目に決まってるじゃないですか!!　もしバレたらどうするんですか!?　それに傍でずっと幻術を掛け続けないといけないんですよ!?」

「じゃあ、リリーナも一緒に行けばいいじゃん」

「えっ？　………一緒にですか？」

あれ？　リリーナの様子がおかしい……。モジモジして顔が赤くなったり、惚《ほう》けてみたりと何かブツブツ言い始めた。妄想の世界へとトリップしたのだろうか？　おっ……おい、リリーナ？　大丈夫なのか？　一回、再起動する？

「………マスター!!　お祭りに行きましょう!!」

「えぇーーー!?　いいのか!?」

恐ろしいほどの掌《てのひら》返し……。しかし、お祭りに行けるのなら言葉を呑み込む。あのダメージは無駄ではなかった。

「では早速ミチオさんに事情を話して市民証もしくは冒険者カードの発行をお願いしてきますね」

「え？　何それ？　街に入るのにそんなのいるの？」

「ウィンクードの街には東西南北に城門がありますが、どの城門も衛兵が常駐し街に入る人々をチェックしています。市民証や冒険者カードがないと街へは入れないのです」

「へぇー、そうだったんだ。なんでそんな面倒くさいことしてんだ？」

「ミチオさんの命令で勇者やオリハルコンクラスの冒険者が来たかをチェックさせています。だから仮に勇者が来たとしても迎撃もしやすいんですよ？　これも全てマスターのためですからね」

「やるじゃんミッチー。じゃあ、とりあえず俺とリリーナの身分証明書の用意を頼むわ」

「……ちょっと待ったぁーー!!　妾も一緒に行くのじゃ!!」

両手を腰に当ててふんぞり返る暗黒幼女が突如として現れやがった。

クソ、こんな時に。タイミング悪いな。せっかくリリーナの許可が取れたのに、これではフリダシに戻るかもしれん。それだけはなんとか阻止しなければ!!

「いや、エリー？　あんたはさすがにマズいっしょ？　神様と地上を歩くなんて、もしバレたら本部に言い訳立たねぇし。それに悪い奴に誘拐でもされたらどーすんの？」

「そっ……そうですよー！　凄く危険ですのでエリー様はお留守番しましょうね？　ねっ？」

おっ、意外にもリリーナが俺の味方をしてくれている！　珍しいな。頼む、なんとかエリーを説得してくれ!!

「嫌じゃ、嫌じゃ、嫌じゃあー!!　妾もお祭りに行ーきーたーいーのーじゃー!!　連れてってほしいのじゃぁー!!」

「まぁ、エリー様。ヨルシア様、お祭りに行かれるんですの？　ならば、わたくしもご一緒したいですわ！」

ちっ……、マリアも来やがったか。これまた面倒くせー。どうやって断るかな。エリーも駄々っ子モードへと突入したし。早く、リリーナさんの気が変わらないうちになんとかしなければ!!

「だっ……駄目ぇー!!　絶っっ対駄目っ!!　今回だけは本当に駄目ですっ！」

おぉー!!　リリーナさんがめっちゃ頑張ってくれた。しかし急に小学生のような物言い。どした？　いつもに増してポンコツじゃないか。

「あなたね、ヨルシア様を一人占めにしよーたってそうはいかないわよ？」

「そうじゃぞリリーナ！　ここは公平に一緒に行こうではないか！」

「駄・目・で・す!!　いいですか？　まずマリアは既に街では死んだことになっているのよ？　幻

術掛けたとしても元の人族の容姿に戻るだけだから、あなたは絶対連れていけないの！　次にエリー様は地上に出たら聖女の神託に引っかかる恐れがあります。存在力だけでも相当なものですから絶対に地上へは連れていけません！　二人ともわかりましたか？」

　リリーナの正論で二人とも押し黙ってしまった。嫌がらせで言っていないだけに二人とも無理を言えないようだ。

「そういうことでしたら仕方ありませんわね。でも、ヨルシア様。いつかわたくしともデートしてくださいまし。その日まで楽しみにとっておきます」

「ぬぅ……。マリアが諦めたとなると妾も無理は言えんのぉ……。仕方あるまい。今回は諦めるのじゃ！　その代わりちゃんと土産を買ってくるのじゃぞ？」

　その時、俺は見てしまった。リリーナが二人から見えない角度で小さくガッツポーズしたところを……。女の闘いって怖いなぁ。

　その日の夜、なぜかリリーナは控えめだった。三人で何か密約でも交わしたのだろうか？

⌘

　翌日。朝早くにミッチーが転移魔法で城へとやってきた。例の身分証明書の件だ。

「おはよーっス。ヨルシアさん、これ言ってたやつです。市民証にすると役所の奴らが住居の確認に行ったりと、面倒だったので冒険者カードにしておきました。ギルマスにちゃちゃっと作ってもらったっス！　ちなみに二人とも偽名にしたんで悪《あ》しからず」

「おぉー、ミッチーあんがとな」

「さすがミチオさんです！　早速、見てもよろしいですか？」

リリーナがミッチーから冒険者カードを受け取ると、カードにはこう表記されていた。

□□□□□□□
名前：ヨシュア（ヨルシアの偽名）
年齢：十九歳
出身地：ミスリルウォーク
ギルドランク：シルバープレート
□□□□□□□

□□□□□□□
名前：リリー（リリーナの偽名）
年齢：十九歳
出身地：ミスリルウォーク
ギルドランク：シルバープレート
□□□□□□

「ウィンクードだと怪しまれると思ったので出身地はミスリルウォークにしときました。ランクはシルバープレートです。登録する冒険者が多いので、まず顔バレはしないかと」

「ありがとなミッチー。さて、リリーナ。準備もできたし街へと行くか！」

「はい！　じゃあ、幻術を掛けますね」

そう言ってリリーナが幻術魔法を使用すると俺たちは人族の姿へと変身した。そしてミッチーの隠蔽魔法で巨大な魔力も抑えられる。これでどっからどう見てもただのニンゲンだ！

俺は黒髪から藍色のような髪へと変わり頭の角はなくなった。服装も革の胸当てを装備した剣士のような姿。まさに駆け出しの冒険者である。

おぉー、なんかいつもの自分じゃないみたいでちょっとテンションが上がるな。いいなコレ。自分で幻術が掛けられないのがとても残念だ。

隣を見るとリリーナの装いもかなり変わっていた。

その美しかった金髪は、町娘のような栗色の髪へと変色し、服装もいつもの露出の高い服ではなく、魔法使い用の黒っぽいローブを着ている。よほどのことがない限りバレないだろう。

「ヨルシアさん、良かったら街の入口まで案内しますよ？　オレが一緒にいた方が、入る時もすんなり入れると思いますし。………そ、そっからは別行動で！」

リリーナがよくわからない殺気を放ち、強制的にミッチーに空気を読ませたようだ。すまんね。

「あと街に着いたら、その……あの……、オレ一応領主なので……」

あぁ、そっか、そっか！　立場が逆転するのか。まぁ、何も問題はない。

「わかったよ。ミチオサマ。俺たちのことも呼び捨てでいい。じゃ、行ってみますか！　いざ、ウィンクードへ」

⌘

　そして俺たち三人はミッチーの転移魔法でウィンクード近くの森まで転移した。十分ほど歩くと森を抜け、目の前に堅固な城壁に囲まれたウィンクードの街が現れた。

「うぉー、ここがウィンクードかー!!　モニターで見るよりもずっと大きいんだな」

「めっちゃ頑張りましたからね！　もう魔術チートをフルで使ってこれっすよ？　ヨルシ……じゃなかった。ヨシュアさんみたいにオレもＤＰ制が良かったなー」

「あぁー、確かにな。でも、ありがたみはミッチ……じゃなかった、ミチオ様のようにちゃんと手作りした方が強いぞ？」

「そうですね。我々のようなダンジョン魔族はそういうことに関して言えば意識が薄いのが現実です。何かを大切にしようと思うダンジョンマスターなんてマスターくらいじゃないでしょうか？」

「価値観が違うんっすね。でも褒められて嬉しいです。では、さっそく城門まで案内しますね！」

　そうして俺たちは城門を目指して歩いていった。

　城門へ近づくと、朝から大勢の人が縦に並び長蛇の列を作っていた。どうやら全員入城審査待ちのようだ。

　げっ!?　まさかの待ちなの？　マジか……。つか、俺の一番ストレスになること知ってるか？　待つことなんだぞ？

　若干、イラッてしてるとミッチーが話しかけてきた。

「じゃあ、ヨシュアさん。あっちの衛兵所でパパッと審査終わらしちゃいましょう」

おぉっ、さすが領主様!! 特別扱いか。いいねぇー!!

俺たちが城門の脇にある衛兵の待機所に行くと、中から数人の衛兵が現れて綺麗な敬礼をビシッと決める。心なしか背中に感じる視線が痛い。

「ミチオ様！ 朝早くから見回りお疲れ様です！」

「あぁ、君たちもご苦労様。外に出たらちょうど顔見知りが二人いてね。先に審査して中へ入れてやってくれないか？」

「「はっ!!」」

そう言って衛兵が俺たちの冒険者カードをサラッと見て「異常なーし!!」と元気に指差し呼称をする。うん、絶対こいつら見てないな。ポーズを領主にアピールしてるだけだ。

ミッチーのおかげですんなりと街の中へと入れた。他の奴らは手荷物チェックや来た目的を聞かれているというのに……。うん、視線が痛い。しかし街へと無事に入れたのだ。良しとしよう。

「じゃあ、ヨシュアさんオレはここで。後はお二人でお祭りを楽しんでください」

「ミッ……チオ様。ありがとうな。じゃあ、せっかくだから楽しんでくるわ」

そう言ってミッチーは城の方へと帰っていった。

ちなみにミッチーの居城は城門付近からでもよく見える。街の中にある建造物の中で一番大きいからね。しかし、あんな立派な城を自分で作ったのか……。すげぇな！

街並みもとてもいい。全体的に建物が新しいこともあり非常に綺麗に見えた。この大通りに等間隔に植樹されている木々もセンスがいい。ミッチーやるな。

「あの、まっ……まままマスター？　そろそろ行きませんか？」

いかん、いかん。ミッチーの街を見てぼーっとしてたらリリーナが痺れを切らした。つか、なんでそんな緊張してんの？

俺が石畳の道を歩き出すと不意に服の裾を引っ張られる。なんだよ？　行かねえのかよ。

「あの、て、て、て、手を……」

手？　手がどうかしたのだろうか？

リリーナが顔を真っ赤にしながら右手を前に出してきたので、俺も右手を出してリリーナの手を握った。するとリリーナがなぜかプリプリし始める。

「違います!!　なんで右手を出すんですか!!　これじゃあ、ただの握手です!!　逆です逆!!　左手を出してください!!」

やれやれ、ならば最初からそう言ってくれたらいいのに。

俺は言われた通りに左手でリリーナの右手を握りスタスタと歩き始めた。すると、すれ違う人族(雄)たちがなぜか俺を睨みつけてくる。

なんだ？　どこかおかしかったのだろうか？　完璧に人族に化けられたと思ったのに。

ふとショーウィンドウに映った自分とリリーナの姿を見て、俺は自分の置かれている恐ろしい状況に気付いてしまった。

………これデートですやん。

あれ？　おかしいな……。俺はただお祭りを見にきただけなのに、なぜリリーナと手を繋いで街を歩いているのだろうか？

リリーナの方を見ると顔を赤くし、一人ヘラヘラ笑っていた。

あっ、いつの間にかポンコツモードになってる。なるほど。リリーナの奴、最初からこれが目的だったのか。嵌められた感が半端ない。しかし、今彼女の手を離せるのだろうか？

——否!!

きっと手を離したら間違いなくリリーナの機嫌が地の底まで落ちるだろう。そうなればお祭りを体験することもできなくなるかもしれない。うむ、致し方なし。このままで行こう。

さて、お祭りをやっている中央広場を目指すか！　もう広場は目と鼻の先だ。

⌘

中央広場へ到着すると、恐ろしい数の人族で溢れかえっていた。広場には多種多様な露店が出され、人々がそれに群がっている。広場にある女神像の周りには弦楽器や打楽器などを持った楽団と大道芸人らしき連中が催し物もしていた。

おぉ……。こっ、これが人族のお祭りというやつか!?　聞いてたよりもずっと賑やかだな。

広場も花や旗などで飾り付けがされてとても華やかである。ちなみにこの露店の食べ物は全て無料だそうだ。今回の経費は全てミッチーが負担するらしい。なんというリッチな奴!!　……不死者《リッチ》だけに。つか、ミッチーの奴儲けてんなー。

街にはミスリルウォークからやってきた者や、その近隣の村や町からも多くの人々が集まってきており、ウィンクードの街は予想以上の賑わいを見せていた。

リリーナと露店を物色していると、ルビーのように真っ赤に煌《きら》めくアメを発見した。

その名も『りんご飴』。

なんだこれは？　食べ物なのか？

俺がマジマジ見ていると露店のおっちゃんが話しかけてきた。

「おう、にいちゃん！　そっちのねーちゃんと一緒に一本どうだい？　領主のミチオ様が作った高級飴だぞ？」

何？　ミッチーが作った飴だと!?　よし、試しに一本もらおうか。早速ペロリと一舐《な》めしてみる。

……あっま!!　めっちゃ甘い!!　何これ？　しかも旨《うま》いな！　味オンチの俺でもわかるぞ!?

リリーナに食べさせてやろうかと思い隣を見ると、まだヘラヘラと笑っていた。

おいおい……、さっきからマジでポンコツになってんな……。どーしたリリーナさん？　もはや再起動不能なのか？　仕方ないので無理やりリリーナの口にリンゴ飴を丸ごと突っ込んでやった。

するとさすがにリリーナもやっと我に返る。

「いっ……いいいきなり何するんですかっ!?」

「いや、さっきからリリーナが、ずっと心ここに在《あ》らず状態だったからさ。とりあえずアメを食べさせてみたんだけど」

「そっ……そうですけど、何も無理やり食べさせなくても……」

——ドンっ!!

リリーナが歩いていたおっさんとぶつかり、おっさんが手に持っていた飲み物が勢いよく服に飛び散ってしまった。すると、そのおっさんは血相を変えて俺たちに怒鳴ってきた。

「おい、ワレェ!!　どこ見て歩いとんのじゃあ!?　ワシの服が汚れちまったじゃねーか？　どう落とし前つけてくれるんじゃいボケェェー!!」

おいおい、おっさんマジか？　ベタすぎて全然笑えないんだけど？　つか、お前リリーナさんに喧嘩売るなんて正気？　マジで殺されるぞ？　俺が押さえておくから今のうちに早く逃げろ!!

ふと隣を見ると、なぜかリリーナさんがニンマリと嬉しそうに笑った。そしてリリーナは俺の後ろへとスルっと隠れるという謎の行動をし始めた。

あっ……あれ？　この人何してるんだろう？　しかも小声で「怖ーい」とか言っちゃってるし。というか、そんなことを言うリリーナさんの方が怖いんだけど？

ちょ……ちょっとリリーナさん？　後ろでそんな背中をグイグイ押さないでくれます？　あなたの肘が鋭角に背中に刺さって痛いんですけど？

えっ？　何なに？　は？　行けと？　俺が？　マジで？　えぇぇぇぇー!?　……リリーナさん、そりゃないっすよ……。

「なんだにーちゃん？　そのねーちゃんの彼氏か？　なんか文句でもあんのか？　あぁん!?　こっちはそのねーちゃんのせいで服がベタベタに濡れてんだよ!!　だから、落とし前としてそのねーちゃんを少し貸してもらうぜぇ。なーに、ちょっと溜まってるもん発散させてもらうだけだ。それに、そのねーちゃんエロそうだしお互いにいいってもんよ！　なっ、にーちゃん心配すんな。後でちゃんと返してやるからよ。ワシの後《まわ》だけどな！　がっはっはっは!!」

うわー……クズだぁー……。近来稀にみるクズだぁー……。それにこいつ冒険者じゃねーか。つか、冒険者って碌《ろく》なのいねぇな。超面倒くせぇー。マジ面倒くせぇ。ほんと面倒くせぇー。あまりの面倒さに、面倒くせぇの三段活用しちまった。

「きゃー……、こわぁーい（裏声）」

お前マジか!?　ついに叫んだな!!　どうした？　脳ミソでも腐ったのか？　マジでいい加減にしろよ？　つか、リリーナも面倒くせぇー。

しかも後ろからまたグイグイ押してくるんだけど？　あの……、何を期待してんの？　うん、もうダメだ。無視だ！　無視でいこう！　こんなの付き合ってられるか!!

「なぁ、おっさん悪かったよ。濡れた服弁償するからからそれで勘弁な」

そう言って、その場を立ち去ろうとすると、おっさんの取り巻きと思える出っ歯とハゲのチンピラ二人が俺たちの前に立ち塞《ふさ》がった。

「おいおい、あんちゃん。俺たちから逃げられると思うなよ？」

「そうでやんす！　大人しくそっちのねーちゃんを俺らに渡した方が身のためでやんすよ？」

なっ……何が起こってるんだ!?　人が密集してるはずの広場なのに、俺たち五人を囲うようにしてスペースが出来上がっているんだけど……。野次馬どもは俺たちを煽《あお》り始めてるし。やっぱ……めっちゃ目立ってる。リリーナさん、これマズイって!!

リリーナの方を見ると何かのスイッチが入ったかのように何かブツブツと呟いていた。

おい、リリーナ!!　しっかりしろっ!!　戻ってこぉーい!!

こうして俺のお祭りデビューはいきなり波乱を迎えることとなった。

「いいぞー！」

「行けー、殴れっ‼」

周りの野次馬どもの煽りがうるせぇ。マジでイラっとする。どーしてこーなった⁉

俺と相対するのはチンピラ冒険者二人組。ダンジョン内であれば迷わず瞬殺するのだが、こんな街中でこいつらを殺したら大問題になる。

いや殺さないにしろ、こいつらが高ランク冒険者であればあるほど、倒した時の注目度が増してしまうという爆弾も厄介だ。どーすっかなー。

「おいおい、にーちゃん？　もしかしてビビってんのか？　そのねーちゃん置いて逃げてもいいんだぜ？　ワシらがたっぷり可愛がってやるからよぉ」

「兄貴ぃー、後で俺にも使わさせてくださいよ！」

「おっ……俺も使いたいでやんす！」

お前ら勝手なこと言いやがって‼　もうなんか考えるの面倒くさくなってきたからやっちゃおうかなー。いや、ダメだ。ここは我慢だ。こんなところで俺がキレたらミッチーに迷惑が……。

「おら、ねーちゃんこっち来いよ‼　そんな男の後ろにいないで兄貴の傍に行くんだよ‼」

いきなりハゲがリリーナの腕を掴《つか》み、自身の方へと引っ張る。

おいおい……くそハゲ？　それはセクハラだぞ？　というか、かなりイラっとする。

「きゃっ……」

俺はハゲの腕をグッ……と掴むと、その場でスパァーンっと勢いよく投げ飛ばしてしまった。

やっべ、力加減間違えた。

するとハゲは面白いくらいに、その場でクルクルと十回転ほどして地面へと叩きつけられた。なぜか煽っていた野次馬どもの目が点となり、辺りを静寂が包んだ。

「か……はっ……」

あっちゃー、思わずやってしまった。ハゲ大丈夫かな？　死んでないよね？

ハゲの顔を覗き込んでみると、ピクピクと泡吹いて痙攣していた。

うん、やりすぎたかもしれん。次はもっと上手くやろう。

「なっ……なんてことするでやんすかーー!!」

そう言いながら出っ歯が俺に殴りかかってきた。もはややられ役に徹しているとしか思えないそのザコキャラ感。よくわからないプロ根性を感じた。

俺はスッ……と避《よ》け際に、恐ろしく速い手刀を一発首筋に叩き込んでやる。出っ歯はそのまま悲鳴を上げることもなく、ぐるんっと白目になり、崩れるようにして地面へと倒れ込んでいった。

ふふっ……今度は上手くできた。きっと野次馬たちには俺が何をしたか見えなかったはず。

「てっ、てめー!?　二人に何しやがった!?　おかしな術を使いやがって!!　もう許さねぇぞ!!」

そうおっさんが叫ぶと腰の剣を抜いた。

おいおい……マジでか？　たかが喧嘩で殺し合いにまで発展するなんてどーかしてるぞ？　なんて血の気の多い種族なんだろうか。つか、誰か止めてくれたりしないかな？

しかし残念なことに俺の希望は叶わず、顔を真っ赤にしたおっさんが俺に斬りかかってきた。すると、周りの女性たちから「キャー」という悲鳴が上がる。そして一緒に、俺の後ろでリリーナも同じような悲鳴を上げた。……リリーナさん？　そろそろ黙ろうか？

袈裟《けさ》斬り気味の斬撃《ざんげき》。避《よ》けてもいいのだが、町娘ごっこをしている今のリリーナはマジでポンコツだ。万が一、リリーナに擦《かす》りでもしたら、このおっさんは氷漬けとなり即死するだろう。

さすがにたかが喧嘩で死人を出すのはマズい。俺は斬りかかってくるおっさんの剣を、右手の指三本で掴み受け止めた。

「何ぃぃ!! ……くっ、この、……がっ!! クソっ、どうなってやがる!? 動かねぇ!!」

おっさんが剣を抜こうと必死にもがいていると、野次馬どもから歓声が上がった。

くっ……、これまた目立ってるのか?

俺が剣を離そうとした瞬間、おっさんが無理やり引き抜こうとしたために剣が根元から真っ二つに折れてしまった。さらに野次馬たちから歓声が上がる。

「わっ……ワシの剣が……。クソ、クソ、クソぉぉぉ!!」

半狂乱になったおっさんが、俺目掛けて殴りかかってくる。

もうやけくそだな。おっさんそれでいいのか？

俺はカウンター気味に、軽めの右ストレートをおっさんの顔面に叩き込んでやった。すると思いのほかおっさんは勢いよく吹っ飛び、背後にいた野次馬目掛けて突っ込んでいく。

あっ、これはマズイ……!? おっさんのせいで野次馬に怪我人が出そうだ。さすがにそうなると責任問題になりかねん。

仕方ないのでぶっ飛んでるおっさんの後ろに一瞬で回り込み、その背中を片手で支える形で受け止めた。ふぅ……、なんとかギリギリ間に合ったな。

しかし、ほっとしたのも束の間、辺りは一瞬静寂に包まれたあと、爆発したかのような大きな歓声が湧き上がってしまった。しかも「にーちゃん！」コールまでされる始末。

こっ……、これはいかん!? このままじゃ収拾がつかなくなる。お前ら騒ぎすぎだって!! つか、衛兵来てんじゃん!? もう知らん。逃げるべ!!

俺はポンコツになってるリリーナを脇に抱え、群衆の波をかき分けるようにして、その場から逃げ出した。なぜか逃げる際、衛兵ではない数人の男が俺を追ってきたが、人混みに紛《まぎ》れ、街の路地裏にひっそりと身を潜めた。


やれやれ……もうお祭りどころじゃねーな。まだ冒険者らしき奴らが俺のこと捜してるし。あのおっさんの仲間か？ でも、見た目が強そうなので仲間って感じはしないんだけどな。しばらくここで待機するか。俺は壁を背にしてその場に座り込んだ。

ふと、リリーナの方を見ると目がギャグ漫画のようなハートマークになっていた。しかも小声で何かブツブツと言っている。

どしたー？ リリーナ戻ってこーい？ もしかしてそれなんか変な病気かー？

リリーナが一人ブツブツ言っているので、それをよく聞くと「マスターが私のために……」を呪文詠唱のように連呼し続けていた。

うわぁ……、ちょっと怖すぎるんだけど？ どうしよう？ これ治るのだろうか？ とりあえずリリーナを再起動してみるか。さて、電源ボタンはどこだろう？

そんなことを考えていると、リリーナの暴走はさらに激しくなっていく。両手をニギニギしながら俺に近寄ってくるのだ。

あっ……あれ？　おかしいな。なんかリリーナさんの目が肉食獣なんですけど？　リっ、リリーナさん？　ここは外っすよ？　それはマズいって!!　ちょ、ちょっ待っ……いやぁぁぁぁーー!!

俺の心の悲鳴が路地裏に木霊《こだま》した。

⌘

一時間後……。頬がゲッソリ痩せこけた俺は、肌がツヤツヤになったリリーナと一緒に路地裏から出た。まさか昼間からこんなことになるなんて……。

「まっ……マスター？　ほら、元気出しましょうよ！　きっとそろそろ広場も落ち着いてますし、またお祭りに行きましょう！　ね？」

俺は力無くゆっくりとコクンと頷く。しかし大賢者タイムに陥り、もはや祭りどころではない。うん、もう帰ろう。俺はやはりダンジョンで引き篭もってる方が性に合うようだ。

「はぁはぁ……やっと見つけたぞ」

声がしたので振り返ると、金髪オールバックの白い鎧《よろい》を着込んだ騎士風の男がそこにいた。あっ、さっき俺を追いかけてた男だ。おっさんの仕返しにでも来たのだろうか？

「おい、お前。そこの広場で冒険者に絡まれてた奴だよな？」

大賢者タイムの俺は力無くコクンと頷く。つか、クズ《クズ》って……。おっさんたちの仲間ってわけではなさそうだな。

「どっ……どうした？　まるで精気を吸い取られたように抜け殻になってるぞ？」

放っておいてくれ。文字通り吸い取られたんだよ。つか、なんだこいつ？　早く用件言えや。

「まぁ、いい。俺はレグナード王国の聖女より、この世界の勇者の一人として選ばれたカノープス・マッキンドールだ。さっきのお前の戦いぶりを見せてもらったぞ？」

……ん？　ゆうしゃ？　は？　ゆ、ゆゆゆ勇者ぁーー!?

「単刀直入に言う。お前、俺の仲間にならないか？　投げ技、打撃、身のこなし、その若さで全てが一級品だ。お前のような使い手はそういない。どうだ？　勇者パーティの一員になれるのだ。お前にとっても悪い話ではあるまい？」

やばい、俺の脳内で軽いショートが起きている。リリーナに襲われ大賢者タイムになったと思いきや、今度は勇者が目の前に現れるという大ピンチ。脳内処理が追いつかない。ははっ……。脳ミソがもう一個あればいいのに……。

「なんだ？　あまり乗り気じゃなさそうだな？　俺のことを知らないわけでもあるまい。レグナード王国にいる三勇者の一人だぞ？　あんな異世界人のような仮初《かりそ》めの勇者ではなく、この世界で育った真なる勇者だ。その俺がお前を仲間に誘ってるのだ。しっかり答えたらどうなのだ？」


【勇者に仲間に誘われました。仲間になりますか？】
→はい
　いいえ

「……………………」

いや、無理だろぉぉぉーー!?　［はい］の選択肢は無理だって!!　勇者、戦士、賢者、悪魔のパーティ構成なんて聞いたことねぇーし！　この勇者バカなの!?　ねぇ、バカなの？　何かしらのスキル使って俺の正体とか見破ったりしないわけ!?

ヤバい、マジでこの場面を打開できる方法が思いつかん。リリーナはいつの間にか町娘モードになって使い物にならねーし。マジどうしよう……。

「ふんっ。何も答えぬとは。俺の見込み違いだったか？　まぁ、いい。返事は三日後まで待つ。仲間になりたければ三日後の午前八時に街の北門まで来い」

おっ、勝手に解釈して去ってくれそうだ。ラッキー！　つか、早く帰れ！　そして国へ帰れ!!

勇者がこんなド田舎に来るんじゃねーよ!!

するとと去り際に、勇者は苦虫を噛み潰したような顔になりながらこう呟いた。

「三日後、俺はあの高位悪魔将《アークデーモン》のダンジョンに討ち入る!!　あの悪魔は絶対許さねぇ!!　弟の仇なんだ。手を貸してくれ。頼んだぞ」

「…………………」

えぇぇぇぇぇぇーーーー？　……どうやらウチのダンジョンに勇者が来るらしい。

⌘

「ヨルシア、おかえりなのじゃ！　ちゃんとお土産は買ってきたであろうな？」

城に帰ってきて早々、マスタールームでエリーにそう催促されたので、白目になりながらも空間収納からりんご飴を一つ取り出した。

「ぬぉー、なんじゃこれは!?　ほんとに食べ物なのか？　凄く輝いておるの！　どれ一口……んんっ!?　甘い、甘いのじゃー!!　なんじゃこの食べ物は!?」

エリーが騒がしい。人の気持ちも知らないで……。でも後でルルにもあげないとな、りんご飴。

「エリー様、少しよろしいでしょうか？　すぐにご報告しなければいけない案件がございます」

リリーナが神妙な面持ちでエリーにそう語りかけた。

さっきまでのポンコツモードはどこに行ったのだろうか？　リリーナさん、知ってる？　俺ね、さっきまであんたがポンコツすぎて大変だったのよ？

「エリー様、三日後に勇者がこのダンジョンへと攻めてまいります」

「なっ……なんじゃとーー!?　どういうことなのじゃ？　詳しく申してみよ!!」

エリー……。そんな神妙な顔してもりんご飴片手じゃあ格好つかないぞ？

そしてリリーナが、ウィンクードで起きたことをエリーにこと細かに説明した。

自身のポンコツモードを除いて……。


「それにしても、かなり厄介な奴がこのような僻地《へきち》へとやってきたな。レグナード王国の勇者カノープスと言えば神具《アーティファクト》の一つ【神聖剣　アスカロン】の所持者じゃからのう」

「なんだエリー。知ってんのか？」

「当たり前じゃろ！　勇者に関してはある程度情報を掴んでおる。しかもカノープスに至っては魔界でも【魔人殺し】としても有名じゃからな」

「そっ……そんな奴がウチに来んの？」

え？　何その二つ名。俺への嫌がらせか？　しかも魔人殺しって……だったら、あの変態単眼魔人のダンジョンにでも行けつーの!!　ウチに来んなや。

「マスター、やってくるのは何も勇者だけではありません。勇者を守る七人の守護者たちもいるのですよ？」

マジかよ……。頭痛いんだけど？　七人の守護者だ？　いい加減にしてほしい。名前からして強そうだもん。

「なぁ、エリー。そのカノープスって奴、やっぱり強いのか？」

「……うむ、残念ながら強いのう。聞いた話じゃが、こやつどうやら竜の加護を持っておるようじゃ。有名なとこで言えば魔王ダンダリオンもカノープスに討伐されておるな」

「ダンダリオン様がですか!?」

「リリーナ、知ってんのか？」

「当たり前です!!　国落としで有名な魔王ダンダリオン様じゃないですかっ!!　逆になんでマスターは知らないんですか!?　これは想像以上にマズいですよ!!」

「……そうみたいだな。でも考え方を変えたら、俺たちは運が良かったかもしれん。勇者がダンジョンに来るってことを、早い段階で知ることができたのはラッキーだぞ？　少なくともあと三日は対策を練る猶予《ゆうよ》ができた。さて、次は迎撃方法をどーすっかだよなー……」

するとマスタールームにミッチーからの緊急通信が入った。

「ヨルシアさん!!　た、たたた大変です！　ウィンクードに勇者がやってきました!!」

……もう知ってるよ。今、その話題で持ちきりだから。

⌘

その日の夜……。

急遽、リリーナによって第二回ダンジョン会議が執り行われることとなった。

参加者はリリーナ、エリー、マリア、ゴブリダ、ケロ君、ルル、アーヴァイン、ミッチーの八人だ。牛面二匹も呼ぼうかと声を掛けたら、いきなり変な世界へトリップし始めたのでもうシカトすることにした。だってあいつらの妄想が止まらないからねっ!!

「さて、皆さんもご存じの通り、三日後にこのダンジョンへと勇者たちがやってきます。今回はその対策会議です」

リリーナが口火を切って話し始めた。おぉ、さすが学級委員長。進行役が恐ろしく似合うぜ。

「現在、予想される勇者の戦力ですがアダマンタイト級の戦士が四人、魔道士が二人、オリハルコン級の魔道士が一人、そして最後に勇者の八人となります。我々が戦ったことのない領域の人族ばかりです」

するとミッチーも口を開く。

「リリーナさん、オレからもいいですか？　それに加えてレグナード王国第八騎士団三百二十名、聖騎士隊五十名もダンジョンへと侵攻してきます。まだその騎士団はウィンクードに到着してませんが、文官より報告があったので間違いないかと。一応、ダンジョンマスターの討伐はオレの許可が必要なので、なんとかゴネてみますが。でもあまり期待しないでくださいね」

　クッソ……マジで人族の奴らウチのダンジョンを潰そうとしてやがるな。このままでは俺たちの楽園が潰されてしまう。

「うーむ……リリーナよ。今、使えるＤＰはいくつあるのじゃ？」

「エリー様、現在使用可能なＤＰは１３２，５３０Ｐとなります」

「なるほどの。ヨルシアよ、迎撃用に罠専門の階層を造ったらどうじゃ？　高ランクの奴らには効果は薄いかもしれんが何もしないよりはマシじゃろう。勇者たちについてくる騎士団の雑魚処理には役立つと思うがの」

「エリーが言うことも一理ある。しかし、それは騎士団の奴らが先陣を切って突入してきた場合のみに有効だ。きっと今回はカノープスって奴は自ら先陣を切って突入してくるぞ？　しかも罠を破壊しながらな」

「ヨルシア様？　なぜそんな風にお思いになられるんですの？」

　マリアが首を傾げて聞いてきた。

「ああいう自信家な俺様野郎は、人の忠告なんて聞きゃあしねーよ。特に自分が最強と思っている奴だしな。そんな奴が人の後ろを歩くと思うか？　それにあの話しぶりからして、俺は奴をかなり自己中な奴と見た。きっと周りを振り回す。付け入る隙があるならそこかな？」

「ヨルシアさん、だったら部隊を階層ごとに分断して迎撃していくのはどうです？」

「マスター、私もミチオさんの意見に賛成です。相手が勇者ならば闇雲に手を出しても被害が広がる一方かと。仕留めるのであれば個々に相手をした方が今回は無難ですね」

「なるほどな。じゃあ、後はどういう風に割り振るかだが、……悩むな」

俺が勇者、ミッチーがオリハルコン級、リリーナ、マリア、アーヴァイン、牛面二匹でアダマンタイト級を抑えてほしいのだが、あと一人足りない。

ゴブリダには騎士団と聖騎士隊の牽制を頼みたいから、やはりケロ君に頑張ってもらうしかないが格上相手となる。正直キツいかもしれん。ケロ君の実力はミスリル級と互角だからな……。

「……ケロっ」

ケロ君が何かを決意したかのように一鳴きし俺に会釈をした。

俺に任せろってか？　……泣かせるねぇ。不利を承知で格上に挑むか。でも、現実これしかないんだよなぁ。

「……わかった。じゃあ、ケロ君一人頼んだぞ」

ケロ君には明日にでも戦力強化のために何か武具でも作るとしよう。俺にできるのはそれくらいだからな。

「ヨルシア様？　ただ、分断と申されてもどのように戦力を分散させますか？　アダマンタイト以上の実力者がトラップ用の転移魔法陣や落とし穴などに引っかかるとも思えません。かつてわたくしもダンジョントラップには特に気を付けておりましたわ」

だよなー。ウチのダンジョンにもトラップはあることはあるのだが、引っかかるのは頭の悪い冒険者くらいなものだ。罠発見のスキル持ちがいた時点でゴミと化す。

「リリーナ？　例えばさ、その転移魔法陣って単体トラップじゃん？　それを部屋ごと魔法陣として設置はできないのか？」

「できないこともないのですがDPを三万Pは消費しますよ？　そこまでして設置しなくても良いかと思いますが？」

「確かに考えれば他にもたくさん敵戦力を分散させる方法はあるかもしれない。けど、今回は確実に戦力を分散させる必要がある。どんなことをしてもな」

中途半端に仕上げて失敗するくらいなら、完璧に仕上げて確実性を取った方がいい。それが大量にDPが必要でもな。

「マスター、了解しました。では転移魔法陣を部屋ごと用意致します。それでこちらの戦闘配置はどうしますか？」

「そうだな……、ケロ君は自分の階層でそのまま迎撃してもらい、アーヴァインは一つ上の六階層で頼む」

「ケロ！」

「押忍っ!!」

「ちなみに転移魔法陣は四階層のボス部屋に仕掛ける予定だから、牛面二匹はアダマンタイト級二人と共に二階層へと転移してもらいそのまま抑えてもらう」

「ヨルシア様？　わたくしはどこで迎え討てばよろしくて？」

「マリアとリリーナには、ケロ君の階層の下に、新たに戦闘用の階層を用意するからアダマンタイト級二人を相手にしてほしい。そしてさらにその下にもう一階層追加して、俺とミッチーのペアで勇者とオリハルコン級を相手にしようと思う」

「おっ……オレもっすかーー!?」

ミッチー、もう諦めろ。俺たち二人じゃないと、きっと勇者たちは抑えられん。

「そして最後にゴブリダだが、騎士団と聖騎士隊を抑えるという一番苦しい場面を任せることになる。各自、敵を殲滅後、直ちに四階層のゴブリダの救援に向かってくれ」

「「は《ケロっ!》いっ《押忍っ!》!!」」

そして会議は深夜にまで及び、細かい打ち合わせが行われた。

ちっ、こんな時間まで俺を働かせるなんて……勇者のヤロー覚えてろ。俺はサービス残業や休日出勤といった言葉が大っ嫌いなんだよ!!

こんな時間まで作戦会議をしたんだ。俺は勇者を絶対倒す!!

⌘

「ルルー、そこの魔鉱石取ってー」

「はい、ご主人様!!」

今日はケロ君の魔具を作成するために、久しぶりに錬金室へとやってきた。この錬金室には、ルルの他に以前眷属面接して雇ったケット・シーの男女八名が働いている。彼らは日々、武具の開発や鉱石の合成、ポーションなどの薬剤の精製をしているのだ。特にポーションといった回復薬が常備してあるおかげで、ゴブリンたちの生存率が天と地ほども違う。

まさに我がダンジョンの要《かなめ》的な存在。それがルルたち錬金術士だ。しかし妖精族は基本的に身長が低いため、みんな白衣を着た子供に見えてしまう。そして、その頭より生えている愛らしい猫耳も相まって部屋にいるだけで非常に癒されるのだ。

そう、現在この錬金室は究極の癒し空間と化している。……ほんの一部を除いて。

「なぁ、ルル？」

「はい！　ご主人様どうかなされましたか？」

「さっきから見ないようにしてたんだけど、さすがにもう我慢の限界だ!!　あの端っこで磔《はりつけ》になってるゴブリンはなんだっ!?」

実は錬金室の隅にある怪しい実験器具の一つにゴブリンが手足を拘束されて磔になっているのだ。

しかも、ブツブツとうわ言のように『あはぁあ～いひぃ気持ちだは～～ちにゃ……』と、かなりトリップしている危ない奴。正直、俺が関わりたくないランキングトップ10に軽くランクインしてんだけど？

……くそっ!!　ルルが……あの可愛いルルが……、マッドサイエンティストルートを爆走してやがる。なんてこったぁ!!　お父さんはとてもショックです!!

「ちっ……、違うんですっ!!　ご主人様、これはあのゴブリンさんに頼まれて仕方なく……」

「いや、頼まれたって言ってもなぁ。あのゴブリンかなりヤバい方向へ突っ走ってるぞ？　だってもう目がいっちゃってるし。絶対ヤバいって!!　もう手遅れ感が半端ないもん」

「ヨルシア陛下。お言葉を返すようですが、ルル室長は本当にあのゴブリンに頼まれてこのような実験をしているんです」

ケット・シーの一人、猫耳イケメンメガネボーイがルルを庇《かば》いに前に出た。キリっとしてるが、なぜか微笑《ほほえ》ましい。灰色の髪に白のアッシュが、このメガネボーイの可愛らしさを際立たせる。

「そ……そうか。ところで君は？」

「ヨルシア陛下、申し遅れました。ルル室長のサポートをさせていただいております『ミロ』と申します。どうぞお見知りおきを」

「おう、ミロ君な！　よろしく頼む。で、詳しい事情を聴きたいんだが、あのゴブリン何やってんの？　特に理由がないならすぐ消毒するけど？」

するとルルがモジモジしながら答えた。

「それがですね……あのゴブリンさんなんですが……えーっと……痛いのがとても気持ちいいらしく、どこまで痛いのを我慢できるのかを現在挑戦中なのですぅ……」

ルルからまさかのカミングアウトをされる。はい、ゴブリンアウトー。

「おいっ、ただの馬鹿じゃねぇかっ!!　中止、中止!!　ルル、そんな変な遊びをしちゃダメだ!!　それ、あのゴブリンのただの性嗜好《しこう》だから！」

あ・の・ク・ソ・ゴ・ブ・リ・ン!!　うちのルルを変な道へと引き込みやがって!!　許さんっ!!　ちょっときつ〜いお仕置きが必要だな。

「ヨルシア陛下!!　お待ちください!!　これには深いわけがございます」

するとまたもやミロ君が止めに入る。この子はなぜここまでゴブリン贔屓《びいき》なのだろう？　もしかして洗脳でもされているのだろうか？

「あの磔になっているゴブリンバーサーカーの鎧にご注目ください。あれはルル室長が開発した、ダークシルバー製の呪いの鎧になります。着ている者にとてつもない力を与えますが、それに伴い耐え難い痛みを与えます。ゴブリンバーサーカーたちは魔具の力で進化致しました。さらに呪いの二重掛けをした魔具を与えたら、どのような進化をもたらすか彼が進んで協力を持ち掛けてくれたのです。かっ……彼は、ダ……ダンジョンのために、ぎ……犠牲になってくれたのです……ふにゃぁぁぁー!!」

なぜかミロ君が大号泣し始めると、ルルを始め、他のケット・シーたちも大号泣し始めた。

え？　ちょ……ちょっと待って!?　あのゴブリンが如何《いか》にもダンジョンのために身体張ってるような物言いだけど、あいつの顔よく見てみろよ？　快楽に顔が歪んでるぜ？　絶対、ただの趣味だって!!　みんな騙されてるって!!

しかし、この状況でこんなことが言えるのだろうか？　……否、無理だ。

「みんな落ち着けって！　わかったから！　わかったからそう泣くな!!　じゃあ、ルルにミロ。実験頑張ってくれ。もし万が一だけど進化するようなら教えてくれよ。……まぁ、ないと思うけど」

渋々、ゴブリンの実験を認めると二人は、パァっ……と笑顔になり元気に返事をする。

「「はいっ!!」」

はぁ……、なんか疲れちゃったな。俺が疲れない日がないような気がする。それもコレもあのゴブリンのせいだ。まっ、気を取り直して錬金をしていこう。

ただ、ケロ君に渡す魔具がどれもイマイチでなかなかいいのが作れない。スランプなのだろうか？　ゴブリダのように武器系の魔具を渡してやりたいんだけど、錬金ベースで作った剣やナイフ、槍、弓といった武器がどれもパッとしない。全然ケロ君には合わないんだよなぁ……。

やはりケロ君には、あの和傘と仕込み刀が一番似合う気がする。だがしかし、俺にあんなお洒落武器を作る才能はない。作業工程が多すぎる。どーすっかなー。

「あの、ご主人様？　先ほどから何を悩んでるんですか？」

　悩んでいる俺を見かねたのかルルが話しかけてきた。あらやだ、優しい娘。

「いやー、実はケロ君に渡す魔具がどれもイマイチでさ。ケロ君の持ってる和傘のような武器を作りたいんだけど、さすがにレシピもなしにそんなもん作るの無理じゃん？　だからどうしようかなと思ってさ」

「それであれば、パケロ様の和傘をそのまま錬金素材にすればいいのではないでしょうか？」

　それだぁぁぁーー!!　あの変態ゴブリンのせいで簡単なことを見落としていた。そうだよ、一から作んなくてもケロ君の和傘を媒体に装備強化すればいいじゃん。

　よし、早速ケロ君とリリーナを呼ぼう。

⌘

「で、マスター？　あの変態はなんですか？」

「ケっ……ケロロロォ……」

　錬金室まで二人が来てくれたのだが、案の定あの変態ゴブリンが気になるようだ。

「リリーナ、ケロ君。あれは善《よ》き変態なんだ。見なかったことにしてやってくれ……」

　俺が遠い目をしながらそう語ると、とりあえず二人は察してくれた。もうそっとしてやってくれ。関わると碌なことがないから。さて、気を取り直して本題へと入りますか。

「実はケロ君の錬金装備を作ろうと頑張ってたんだけど上手くいかなくてさ。そしたらルルが錬金強化はどうかって進言してくれたんだ」

「えっ？　マスター錬金強化なんてできるんですか？」

「当たり前だろっ!!　俺を誰だと思ってんだ？　元錬金窯ぶち込み同好会の会長だぞ？」

　自分で言ってて意味がわかんなかったが、なぜかルルたちケット・シーは『ほぇぇ～』っと、羨望の眼差しで俺を見つめてくれた。ちょっと照れるんですけど。

「……はいはい。それでマスターはパケロさんの和傘を強化するんですね？」

「ああ。俺の作った錬金装備よりも、ケロ君が使ってる和傘を強化した方がいいんじゃないかと思ってさ。ケロ君さえ良ければ、その和傘を錬金強化しないか？」

　するとケロ君がいきなり興奮し、身振り手振りで語り始めた。

「ケロぉ～～ケロ!!　ケロケロケロケロケロケロケロケロケロケロ…………」

　ぐはぁ……、久しぶりのゲシュタルト崩壊。俺が頭を抱えて悩んでいるとリリーナさんが同時通訳してくれた。おぉ……、さすがは一級秘書官。

「マスター、どうやらパケロさんの和傘は亡きお父様より受け継いだシュレーゲル家の家宝だそうです。もう三百年近く使われている由緒ある傘みたいですね」

「えっ、マジか!?　それってめっちゃ大切なヤツじゃん!?　つか、錬金強化するのマズくね？」

そう、錬金強化にはリスクが伴う。錬金に失敗すれば素材が全て消えてなくなってしまうのだ。

もし、そんな大事な和傘を失敗して失《な》くしたりしたらシャレにならん。

「ケロっ!!　ケロロ、ケロケロケロケロ!!」

　ケロ君が何やら必死で俺に語り出す。うん、リリーナ早く通訳を……。

「あのマスター？　パケロさんはそれでも錬金強化をお願いしたいそうですよ？」

「でも、それってとーちゃんの形見なんだろ？　失くしちゃうとダメなんじゃないのか？」

「ケロぉ、ケロケロケロぉ!!」

ケロ君がそんなことないですって感じで手をブンブンと横に振る。

え？　本当にいいの？　いや、まいったな。

「マスター？　前にも話しましたけどマスターから何かを貰えるってことは眷属からしてみれば、とても嬉しいことなんですよ？　パケロさんのために頑張って作って差し上げたらどうです？」

俺がケロ君の方を見ると静かに首を縦に振る。そして俺の目をジーっと力強く見ていた。

「……おいおい。そんな目で見るなよ。これ絶対失敗できねーヤツじゃん。それにこんなところでとーちゃんの形見の品を錬金で失くすわけにはいかねーよな。……仕方ない、やるか。ルル、希少鉱石ありったけ持ってきてくれ」

「はいっ!!」

少しでも錬金成功率を上げるために、ルルには希少鉱石を持ってきてもらった。目の前に置かれたのはスターシルバー、メテオストーンといった超希少鉱石の数々。ゴブリダたちいつの間にこんなレアなもん採掘してんだよ。特にメテオストーンなんて属性付きの魔石よりも希少な鉱石じゃねーか。片手で握れるほどの量しかないが錬金強化するには十分だ。

俺は錬金窯に、このメテオストーンやスターシルバー、ミスリル鉱石、魔鉱石を次々と入れ、最後にケロ君の和傘と俺の魔力を投入した。

——オラァァァァァ!!

すると錬金窯が今までと違う反応を起こし始めた。いつもであれば魔力注入後、窯が輝き武器が出来上がるのだが、今回は窯が光ったままの状態で止まっている。魔力を抜くと失敗してしまうので、俺は窯に魔力を入れ続けた。これが、またしんどい。

ぐぬぬぬぬぬ……。なんだコレ？　マジでいつもと違うぞ？　なんと……いうか……魔力が……超硬い!!　クッソーー、混ざらねぇー!?

俺が錬金に四苦八苦していると、ふとあることに気が付いた。窯の中身が混ざらないということは、単純に俺の魔力が不足しているということ。ただの実力不足である……。

よーし、いいだろう。その挑戦受けて立つ！　俺の本気見せてやる!!

一気に魔力を全開にすると、以前のように背中に一対の黒翼が顕現《けんげん》した。室内に凄まじい魔素の嵐が吹き荒れる。そのまま俺は窯に自身の魔力をありったけ注ぎ込んでいった。

コレでダメなら仕方ない。コナクソぉーー、混ざれぇぇー!!

——ピカァァァァァァーーーー……ボボンッ!!

【卍傘《ばんがさ》　天蛙《あまがえる》　仕込み忍《しのび》刀　七星《ななつほし》　が完成しました】

錬金窯から出てきたのは、胴が藤色の和傘だった。傘の節が黒色のため、見た目以上に暗色に見える。傘を開くと、その一駒一駒に描かれる今にも動き出しそうな流星模様。とても綺麗だ。

俺は傘の柄竹《えたけ》をおもむろに引き抜く。すると目に入るのは総毛立つような白刃《はくじん》の光。これは凄い……溜息が出るほど綺麗な刀身だな。見ているだけでも魂が吸い込まれそうだ……。自分で言うのもアレだが、これきっと名刀の類《たぐい》だ。今まで見てきたものとはレベルが違う。さすが俺が全力で作っただけはある。

「待たせたな。これがケロ君の新しい武器だ。使ってくれ」

ケロ君があまりの嬉しさに涙を流しながら跪《ひざまず》き、恭《うやうや》しく新しい傘を受け取った。どうやらとても喜んでくれてるようだ。

「ケッ……ケロォォーー!!」

いやぁー、それにしても失敗しなくてマジで良かった。ほんっと、ギリギリだったわ。あそこで全力出してなかったら、きっと失敗していただろうな。

ふと辺りを見渡すと、テーブルに置いてあった試験管やフラスコなどは、机ごと全て吹き飛び、研究資料なども水浸しになっていた。

恐る恐る後ろを振り返ると、ルルや部屋にいるケット・シー全員の目に涙が溜まっていた。

あ、やっば……。

「「「「ふにゃぁぁぁぁぁぁーー!!」」」」

この後、ルルやミロたちの機嫌をとるのに三時間を要した。

うん、難しい錬金をやる時は外でやろう。俺はそう心に固く誓った。

⌘

勇者襲撃まであと一日となった。ウィンクードの街には騎士団や聖騎士隊が到着し、慌ただしくもダンジョンへの侵攻準備が行われている。そしてそのウィンクードの領主であるミチオ・T・ウィンクードもその余波を受けることとなった。

——バンっ!!

「だから、なぜあのダンジョンマスターの討伐許可を頂けないのですか!?」

そう激昂《げっこう》し机を叩くのは、勇者の守護者である天才大魔導師カタリナ・シーウェル。御年四十二歳の独身魔導師だ。

「あの、カタリナさん？　先日からずっと言ってますけど、あのダンジョンはウィンクード、果てはレグナード王国発展のための採掘ダンジョンです。国にとって有益なダンジョンにもかかわらず、なぜダンジョンマスターの討伐許可を出さなければいけないのですか？　現に今もダンジョン自体は落ち着いており討伐の必要はありません」

領主であるミチオはカタリナに諭すように話しかける。王国管理下に置かれているダンジョンの迷宮主を討伐するには、管理をしている土地の領主の認可が必要となる。なぜなら、迷宮主を討伐してしまうとダンジョンの資源も枯渇《こかつ》してしまうからだ。

迷宮主が死ぬ＝ダンジョンも死ぬ。これが人族たちの常識である。だが人族たちは知らない。ダンジョンが譲渡可能なことを。仮に迷宮主が死んでしまっても、副迷宮主を設定してあるダンジョンであれば、そのダンジョンの引き継ぎが行える。まぁ、余談ではあるが。

ただカタリナは、その迷宮主討伐の認可を得るためにミチオを説得し続けていた。

「ミチオ様。有益ならば人々の安全を無視しても良いとお考えなのですか？　あのダンジョンには凶悪な高位悪魔将《アークデーモン》が住んでいるのですよ？　さらに言えば、聖騎士《ホーリィナイト》のシリウス様が亡くなっておられます。これがどれだけ危険なことかわかっておられるのですか!?」

「はい、重々承知の上です。もちろん危険なダンジョンですが、これほどまでに収益を挙げられるダンジョンがこの国にあるでしょうか？　何度も言いますがダンジョンへの侵攻を許可することはできません。それに私にはカノープス殿が私情でダンジョンに侵攻をしようとしてるとしか思えないのです」

「くっ……いい加減にしな……」

　カタリナがミチオに激しく詰め寄ろうとすると、背後のドアからカノープスが颯爽《さっそう》と部屋の中へと入ってきた。

「カタリナ、もういい。領主のミチオ殿は民よりも金を選ぶ残念な御方だ。これ以上、わかっていただく必要はない」

「しかし、カノープス様よろしいので？」

「あぁ、例の物が届いた。もう問題ない」

　なぜか余裕のカノープスを見て、思わずミチオは聞き返す。

「問題ない？　カノープス殿、どういうことですか？」

　いくら勇者といえども、国の法を犯すのであればそれは罪となる。ただ勇者には国を守る使命があり、その任務に支障をきたす場合に発令できる特別処置法がある。それが【勇者優先勅令】だ。

　勇者が国家に危険を及ぼすと判断したダンジョンや砦などの資源地、防衛設備を、管理下に置いている領主の認可なしで、討伐や破壊ができる特別処置法案がある。発動するには国王の承認がいるが、通信水晶のやり取りで済むため、召喚士がパーティにいれば簡単に書状が手に入る。

「ミチオ殿。こちらとしてもこんな物使いたくなかったが、貴殿の認可が取れないのであれば仕方あるまい。【勇者優先勅令】に基づき、あのダンジョンの迷宮主は討伐させてもらう。諦めろ」

そう言ってミチオの返事も聞かずに、カノープスとカタリナは部屋を出ていってしまった。

「……………やっぱ、そう来るよなぁ」

ミチオはそう呟き、軽い溜息をついてからヨルシアへと報告を入れるのだった。

⌘

「ミッチー大丈夫だ。勇者相手に喧嘩売らせて悪かったな。こっちはこっちで既に迎撃準備は完了している。勇者たちが出立《しゅったつ》したらまた教えてくれ！」

「ヨルシアさん、わかったっす！」

ミッチーに勇者への嫌がらせを頼んだが、さすがは勇者。一筋縄ではいかない。上手く躱《かわ》してきたな。街に騎士団や聖騎士隊が集まってきたことにより、商人たちも早々に引き揚げ準備をしていた。どうやら一般市民の皆様方は、ダンジョンマスターは討伐され、ダンジョン資源が枯渇すると読んでいるようだ。まっ、そりゃそーか。ダンジョンに来るのが勇者だもんなー。

しかーーし、残念ながらそう簡単にはいきませんよ!!　なぜならば、俺がいるからねっ!!　もう準備は万端なのだ。勇者たちの迎撃準備を整えダンジョンの階層も増やした。

■一階層：巨大戦闘用フィールド
■二階層：自然来住型魔物用フィールド
■三階層：自然来住型魔物用フィールド
■四階層：ゴブリン迷宮（NEW！　ボス部屋に転移魔法陣）
■五階層：地底湖迷宮
■六階層：地下水脈迷宮
■七階層：沼地フィールド
■八階層：邪紫梅林《じゃしばいりん》フィールド（NEW！　全長一キロメートル　月夜）
■九階層：辺獄フィールド（NEW！　全長三キロメートル）
■十階層：地底魔城フィールド

夢の十階層ダンジョン!!　そして、フィールド設定の階層が七階層もあるというセレブダンジョンでもある。まさか自分のダンジョンを、こんな他のダンジョンマスターたちが羨むような仕様にできるとは思わなかったな。

だからこそ……だからこそ、ここを失うわけにはいかない。俺の眷属たちが魔素不足を感じず、安心して暮らせるこの地を失ってたまるか!!　そして何よりこの俺が念願のニートになるために、絶対に勇者を返り討ちにしてやる!!

まずは新しく造った階層を見に行こうかな。八階層はリリーナとマリアの戦闘階層になるし二人も誘うか。それにきっと連れてかないと、後でキレられそうだしね。

そして俺はリリーナと化粧を落としたマリア（お姫様形態）を連れて八階層へと降り立った。

⌘

八階層……。そこは月灯《あか》りに照らされた、紫色の絨毯《じゅうたん》が一面に広がる華と月の階層。入った瞬間、鼻孔をくすぐる甘い梅の香り。まるで腕利きの造園技師が作ったかのような見事なまでの花園。息を呑むほど美しい絶景が目の前に広がっていた。そして邪紫梅から発生する瘴気《しょうき》が月灯りに照らされキラキラと青く輝く。とても幻想的な階層だ。

この階層に咲き乱れる邪紫梅とはモレネティアのように瘴気を吐き出す植物の一種である。少量の瘴気と、人族に幻覚効果のあるガスを発生させる魔界植物。我々魔族にとっては、非常に良い香りのする梅林だが、耐性のない人族にとっては幻覚を誘う死の花園と化すだろう。

空から階層を眺めていると、うっとりとしたマリアが話しかけてくる。

「ヨルシア様、ここは心が癒されますわ……。とても素敵な場所ですね」

いつもの濃いメイクを取り、ナチュラルメイクをしているマリアはまるで違う生き物になる。お淑やかすぎて扱いに困るほどだ。くそっ、可憐すぎる!!　つか化粧で性格が一八〇度変わるってどういうこと!?　高飛車女王様から清楚なお姫様だぜ？　ギャップがエグイ。

俺が返答に悩んでいるとリリーナが口を挟む。

「マリア、ダメよ。マスターにそんな感性はないわ。きっと今も早く終わらせて次の九階層にでも行こうかなと考えてるはずよ」

ずばりその通り!! さすがはリリーナ。付き合いが長いだけはある。

「そうでしょうか？ きっとヨルシア様はリリーナさんと一緒に梅の花を見たいと思ってますよ？ わたくしに構わず、お二人で散歩していらしたらどうです？」

「そ、そそそう!? でも二人なんてダメよ!! マリアも一緒じゃないと。だってマリアはマスターの第二夫人なんだから」

「うふふ。リリーナさんはいつもお優しいですね♪ では三人で仲良く散歩でもしましょうか」

なんの会話をしているのだろうか？ あの、リリーナさん？ マリアに俺の第二夫人って肩書きが勝手に付いてんだけど？ どういうことっすか??

それにしてもリリーナって、お姫様モードのマリアとは仲がいいんだよなぁ。マリアがあのメイクさえしていなければ。

「なぁ、マリア？ なんでメイクするとリリーナと仲が悪くなるんだ？」

「ヨルシア様そんなことありませんよ？ わたくしはいつだってリリーナさんと仲良くさせていただいてるつもりですが？」

「マスター？ 私たちは本音で言い合える仲なんです。仲が悪いわけではありません！」

仲がいいだと？ いやいやいや……。昨日だって紅茶を飲む時に、俺の隣にどちらが座るかで喧嘩してたよね？ 散々言い合いをした挙句に、真っ二つにハーフアンドハーフにしようってサイコなことを二人して言ってたよね!? 俺のそん時の恐怖がわかるか？ 怖すぎて最高位の多重結界を張ってたんだぜ？ レディースセットのパスタじゃねぇーんだからいい加減にしてほしい。

しかし、そんな俺の気持ちなど二人には当然伝わらず、俺はリリーナとマリアに挟まれながら九階層へと降りていった。

⌘

絢爛《けんらん》な八階層とは打って変わり、この九階層は地獄の階層の一つ【辺獄】をフィールド階層として作成した。

血のように真っ赤な空に黒く重い雲。大地は白くヒビ割れ、枯れ果てて折れてしまった木や草などの植物。生命活動すらできない過酷な階層。それがこの【辺獄】である。

「マスター、よくこんな階層を思いつきましたね？　普通、地獄の階層をダンジョンに造るなんてしませんよ？」

「そうですわ。それにこの階層、我々の普段から纏っている魔力をも徐々に吸収しますわね。障壁が脆《もろ》くなっているような気がします。……失礼致します」

するとマリアが爆炎魔法の一つ【紅蓮豪炎柱《タワーボルケーノ》】を唱え、地面から炎の柱が轟々《ごうごう》と立ち昇った。

最初こそ勢いよく燃え盛ったが、急速に炎の柱は勢いを失い、最後はプスンっとガス欠したかのように消えてしまった。まるで大地に魔素を吸い取られてしまったかのように……。

「この地はウチのダンジョンであってダンジョンに非《あら》ず。つまりこの階層だけ別空間だ」

「なるほど……。マスターは混沌地であるメリットを捨てて亜空間にダンジョンを切り拓《ひら》いたのですね」

「リリーナ、その通りだ。どうせ勇者に加護や強力な障壁があるのなら、少しでも攻撃が通りやすいようにしてやろうと思ってさ」

「しかし、これではヨルシア様の方にも影響がございます！　この地はありとあらゆる物から魔素を奪い取る地です！　魔力燃費が悪く、防御障壁も脆くなります！　このような地で戦うのはおやめくださいませ‼」

「うーん……しかしなぁ。マリアが言うことは尤《もっと》もなんだけど相手はあの勇者だ。守りに入った時点で気持ちが負ける。それだけは避けたいんだよね。それにこの辺獄なら相手の方がデメリットでかいだろ？　人族の方が魔力吸収率高いしさ。ノーガードで撃ち合うならメリットが少しでもある方に俺は賭けたい。つか、二人とも心配しすぎだって‼　前もこんなようなことあったけど大丈夫だったろ？　なっ？」

「……ヨルシア様」

マリアが心配そうに両手をギュッと胸の前で握り俺を見上げてきた。くそ、なんだこれは……。

何度も言うがマリアが可憐すぎるっ‼

「ほらー。マスターが変なこと言うから、マリアが心配しちゃってるじゃないですか。いいですか？　絶対勇者になんて負けないでくださいね？　絶対、絶対、ぜぇ～ったい勝ってくださいね‼

約束ですよ？　だから……、だからちゃんと無事に私たちのところに帰ってきてくださいね？」

きっとこいつが一番心配してるはずなのに、なぜか俺の前だと無理に強がるんだよな……。

「マスター、返事は⁉」

「わかってるって！　そう何度も言うなよ」

しかし、本当に負けらんねぇな……。相手がどんなに強くても、俺はこいつらを守る!!

やってやんよクソ勇者!!

⌘

「カノープス様、準備が整いました」

「全体配置完了です」

そう声を掛けたのは、勇者の守護者である聖十字騎士《クルセイダー》のオズワードとバーナルドだ。同い年の二人は、幼いころから競い合うように切磋琢磨《せっさたくま》し、勇者の守護者にまでなった元アダマンタイト級の冒険者である。二メートル近い巨躯《きょく》に、その身が隠れるほど大きな盾。齢《よわい》三十を境として冒険者を引退し、文字通り勇者の盾となった二人だ。

ダンジョン前に綺麗に整列した騎士団と聖騎士隊。ダンジョンを踏破するというよりは、ダンジョンを破壊するのを目的としているような出《い》で立ちをしている者が多い。今回、ダンジョンへと侵攻してくるカノープスの本気度が窺《うかが》い知れる。

そして、一つ息をつくとカノープスが声を上げた。

「皆の者、よく聞けぇぇー!!　このダンジョンは悪魔が住む凶悪なダンジョンだ！　この地の領主は利益を得るという理由だけで、それを黙認していた!!」

兵たちも士気が高いのか、辺りを歓声が包む。

「このダンジョンのせいで幾人もの命が失われているのだ!!　それでも利益のためなら、その事実に目を瞑《つぶ》るのか!?　否っっ!!　それは正義に反する行為だ!!　だから私はここに【勇者優先勅令】を宣言するっ!!」

勇者たる者、見返りを求めてはいけない。まさに勇者の鑑《かがみ》といえるカノープスの演説は兵たちの心を掴むのに十分だった。

「この私に力を貸してくれる本物の勇者たちよ!!　共にこの凶悪なダンジョンを潰そうぞ！　諸君らの活躍に期待している！　いざ、共に行かん！　この栄光の道を!!」

「「「おぉぉぉぉーーーー!!」」」

一際、大きな歓声が響くと、兵士たちの身体がポァッ……と輝いた。

これは自身の持つ勇者スキルの一つ【超突猛身《オーヴァー・アップ》】の効果である。士気を上げ、自身の演説を聞いた者の力を引き出す【勇者スキル《ブレイヴ》】。ただしデメリットもあり、力を引き出しすぎると使用者の身体が耐えられなくなるという諸刃《もろは》の剣だ。

カノープスは、これを聖騎士隊、騎士団にのみ使用し、限界以上に力を引き出した。兵たちは力が湧き出てくるのを実感し、さらに歓喜の渦に沸く。

しかし、部隊を指揮する者の反応は違った。この得体の知れない力に恐怖したのだ。

「カノープス殿、一つよろしいか？　貴殿は我々に何かスキルを使われたのであろうか？」

「部下たちも突然付与された力に歓喜しておりますが、使いようによっては非常に危険です。どうか、ご説明いただけますでしょうか？」

聖騎士隊長のポールと、騎士団長のコーニールがカノープスに対して進言をしてくると、それを遮るように守護者の一人、魔導少女《マジカルスター》のアリエッタが叫ぶようにして二人に言い放つ。

「あんたたち、馬っ鹿じゃないの⁉　カノープス様はゴブリンにも負けるあんたたちに力を与えただけじゃない‼　それに文句言うなんて頭悪すぎるでしょ？　頭ん中にウジでも湧いてんの⁉」

口を全開きにし、唖然《あぜん》としている中年二人……。アリエッタと同じく魔導少女で、双子の妹であるマリエッタが二人にトドメを刺した。

「あーちゃん？　そんな汚い言い方はダメよー。もっと丁寧に教えて差し上げないとぉー。おじ様？　頭の中にハエ目短角亜目《もくたんかくあもく》・環縫短角群《かんぼうたんかくぐん》に属する昆虫が棲んでますわよ？」

二人の言葉にポールとコーニールは、ただただ茫然《ぼうぜん》とするしかなかった。

見た目は麗しき双子の少女でも、レグナード王国魔導学院をわずか一年で卒業した神童だ。最年少で勇者守護者として選ばれた猛者《もさ》である。自分たちの娘よりも若く、それでいて自分たちよりも強い。この理不尽な世界のルールに二人のおっさんは打ちひしがれた。

「おいおい、嬢ちゃんら言いすぎだぜ。なぁ、おっさん？　その力はカノープス様の加護の力と思えばいい。思う存分に戦ってくれて大丈夫だ。だから、そんな怯えた顔をすんなよぉ～……楽しもうぜ！　……なっ？」

悪い笑みを浮かべながらおっさん二人にそう告げるのは、双剣舞士《デュアルダンサー》のイザーク。戦場の殺し屋の二つ名を持つ剣士だ。性格に難ありだが、カノープスが強いからという理由だけで勇者の守護者に任命した経歴を持つ男である。

「イザーク‼　殺気全開のお前がそんなことをゆうても説得力はないぞ？　お前はここで留守番じゃやな？」

イザークを窘《たしな》めたのは、髭《ひげ》もじゃドワーフのヴィクター。両手に片手斧《ハンドアックス》を握りしめ、竜巻のように敵を斬り刻む戦鬼だ。

「んだよー、ヴィクターの旦那。そりゃねーぜ⁉　久しぶりに暴れられるってのによぉ。ここでおあずけなんて喰らったら俺、あっちで遊んじまうぜぇ～～‼」

そう言ってクイッと顎を騎士団の方へと向け、イザークは再びニヤリと笑う。

「イザーク……、もうよせ。悪魔を斬る前に、仲間を俺に斬らせる気か？」

カノープスが真顔になり、イザークにそう言い放った。殺気もなく闘気も纏わず言った一言だったが、イザークにはそれで十分なほどの恐怖を与えた。頬には冷や汗が伝い、顔も蒼白になる。守護者たちはカノープスがそれをやる男だと認識しているからだ。

「かっ……カノープス様、申し訳ありません。久々の戦闘でしたもので。どうか、お慈悲を……」

「…………イザーク。次はないぞ」

「は……ははっ‼」

アリエッタは小声で「馬っ鹿じゃないの？」と呟き、マリエッタに至っては「死ねばいいのに……」と呟いていた。

このやり取りを間近で見ていたポールとコーニールは、これ以上勇者に進言はしなかった。いや、できなかったと言った方が正しい。それは勇者の闇を垣間見てしまったからである。

自分たちを見る勇者は、あまりにも無関心で、まるで自分たちの言葉は興味のないただの雑音。きっと勇者は、兵たちのことも、ただの消耗品くらいにしか思っていないのだろう。

そして、二人はそのまま後ろに控えていった……。不敵に笑う勇者に不信感を持ちながら。

「マスター、敵本隊ダンジョン前に布陣致しました」

「んっ、わかった」

⌘

そう言って謁見の間に集まるのは、リリーナ、エリー、マリアンヌ、ミッチーの四人だ。ラブ、ピース、アーヴァイン、ケロ君は既にそれぞれの階層にスタンバっている。

作戦はこうだ。四階層のボス部屋にいる牛面二人に勇者一行のお出迎えをしてもらい、そのまま転移トラップに嵌めてもらう。

牛面二人は戦士二人と二階層へと跳んでもらいそのまま戦闘。相手を倒せたら四階層へと向かい、攻め込んでくる騎士団と聖騎士隊を後方から潰しにかかる。

次に六階層には、アーヴァインを待機させ戦士一人にあてがう。七階層にいるケロ君にも戦士を一人。そして八階層ではリリーナとマリアに、魔導士二人の相手をしてもらう。そして、九階層で俺とミッチーが、あのクソ勇者とその側近の魔導士を相手にする算段だ。

できるだけ俺のスキル【怠惰者《ナマケモノ》】の恩恵を、リリーナたちに渡してあげたかったが、一日しかサボれなかったため、正直なところ効果は薄い。それに、この【怠惰者】はどうやら保有魔力量の少ない者が優遇されやすく、リリーナやマリアといったBランク魔族たちの上昇率は非常に少ない。きっと一年引き篭もって一割上がればいい方だろう。俺についても同じである。

それでもゴブリンたちの上昇率は高く、一日でも二倍は上がるはずだ。以前、試しに三日間サボった時は、ゴブリンたちの魔力量が数倍にもなった。あの何もしない時間は天国だったなぁ……。

おっと、いかんいかん。トリップしかけた。とにかくゴブリダたちには、俺たちが勇者や守護者たちを倒しきるまで、なんとか凌《しの》いでもらうしかない。

「リリーナ、マリア。もう一度言うが、俺が危なくなったら、すぐにエリーを連れてダンジョンから逃げろ。いいな？」

「……絶っ対、嫌です!!　意地でもマスターは助けます！　次そんなこと言ったらぶちますよ!?」

「ヨルシア様、わたくしも反対ですわ。リリーナさんの言う通りです。それにヨルシア様を置いて逃げるくらいなら、死んで相手を呪い殺してやります」

「そうじゃぞヨルシア！　妾の祝福を持っている奴がそう簡単にそのようなことを口にするでない！　妾の加護があるのじゃ！　負けたら……、わかっておるじゃろうな？」

ウチの女性陣三人が恐ろしいことを言ってるんですけど……。俺、君らの身の安全を気にしただけですよ？　なんでそんなプレッシャーを受けなければいけないのだろうか。

んっ？　ミッチーが何か呟いている。……えっ？　リア充爆発しろ？　どういう意味だ？　なぜ血の涙を流す!?　ミッチー……よくわからんが元気出せよ。俺の頼みの綱は君なんだから。

「マスター、シャーリーから勇者が動き始めたと報告が入りました」

さぁーて、敵さんも動いたことだし、いっちょやりますか！　何がなんでもここは守るっ!!

こうしてダンジョン防衛戦の幕が上がった。

⌘

「きゃははは!!　みんな痺れちゃえぇ～　界紫電《バーストヴォルテクス》!!」

三階層上空にアリエッタの放った雷撃が轟音と共に迸《ほとばし》る。直撃したDランク魔物《モンスター》のガルラホーク数十体が丸焦げになり谷底へと落ちていった。

「おいアリエッタ、そんなに遊ぶな。次の階層からが本番なのだぞ?　オズワード、騎士団はどうなっている?」

「はっ、カノープス様。感知水晶を見る限り二階層にまだとどまっております。まだ下に降りてくる気配はありません」

「……ふん。所詮は雑魚の集団か。もう待つ必要もあるまい。当初の予定通り、我々だけで四階層へと潜るぞ!!」

ダンジョンへと突入後、勇者たちは襲いかかる魔物を次々と薙《な》ぎ払っていく。その戦闘能力は凄まじく、並の魔物では相手にならなかった。圧倒的な強さで一・二階層を駆け抜け、あっという間にこの三階層まで踏破してしまった。驚異的なスピードである。

そして休憩がてら騎士団の到着を下り階段前で待っていたのだが、待てど暮らせど騎士団は到着しなかった。だが、それも仕方がない。勇者たちは少数精鋭で動けるのに対して、騎士たちは大集団。そのスピード差は明白だ。しかしカノープスは、単純に遅いという理由だけで騎士団を足手まといとした。

「我々の目的は、あの高位悪魔将《アークデーモン》の首だ。雑魚は無視でいい。行くぞっ!!」

「「「おう《はい》!」」」

こうして勇者の侵攻が始まった。

⌘

「ゴブリダ、聞こえるか？　さっき指示した通り勇者たちは迎撃しなくていい。全員、集落で待機だ。奴らが集落を狙うようであれば、こちらから陽動をかける。ゴブリダたちは聖騎士、騎士団戦にのみ集中してくれ」

「はっ!!　必ずや主様のご期待に添ってみせます！」

さて、こちらの思惑通り勇者たちが集団戦無視の八名で動いてくれた。あくまでも騎士団を足手まといと思っているようだ。

つか、こいつ本当に典型的な俺様主義だな。どんだけ俺様なの？

天上天下俺が独尊なの？　まぁ、勝手に戦力分断してくれたから、こちらとしては有難いがね。

――ドカァァァァーーン!!

すると突如、四階層で爆発音が響き渡る。

あぁっ!?　こいつら小部屋を破壊して進みやがった!?　中を警戒する手間さえ省くのか!?　なんて迷惑な奴らなのだろう。誰が後片付けすると思ってんだよ？　ゴブリンさんだぞ？　あのクソ勇者、一直線でボス部屋まで行く気だ。このままだとものの数分でボス部屋までたどり着くな。

「リリーナ、作戦開始だ!!　各自、迎撃階へと転移するぞ。二人とも絶対無理はするなよ？」

「マスター？　それはこっちのセリフです。何度も言いますが絶対に死なないでください。じゃないと、マスターの後をついて逝く者がここに二人いますから」

「ヨルシア様……ご武運を。わたくしたちが何があろうとも、貴方様をお守り致しますわ」

おいおい……これじゃあ簡単に負けらんねーじゃないの。まぁ、負ける気なんてさらさらないがね。しかし、二人とも大丈夫だ。俺にはミッチーがついて……。

「爆発しろぉぉ！　爆発しろぉぉぉぉ!!　爆発しろぉぉぉぉぉ!!」

彼はさっきから何を叫んでいるのだろう？　以前にもあったような気が……。それに魔法が全然発動していないぞ？　ミッチー大丈夫だろうか？　もしかして絶不調なのだろうか？

これはマズいな……。俺の頼みの綱はミッチーなのに。しかし、それでもやるしかない。これは負けられない戦いなのだから。

俺は一抹の不安を抱えながらもミッチーと九階層へと転移した。

⌘

「カノープス様ぁー。ボス部屋でございますぅー」

「小癪《こしゃく》にもボス部屋があるのか。マリエッタ、そこをどけ。ここも俺が吹き飛ばしてやろう」

「はいですぅー」

「お言葉ですが、カノープス様？　よろしいので？　この部屋の形状ですと天井が崩落する恐れがございます。我々は良いのですが、騎士団がこの先へ進めなくなる恐れがありますが？」

聖十字騎士《クルセイダー》のバーナルドが、カノープスの機嫌を損ねないように進言をすると、カノープスは呆《あき》れた様子でこう告げた。

「どうせ使い捨ての駒だ。構わんさ」

「……御意」

カノープスは背負っている『神聖剣アスカロン』を、スッ……と引き抜いた。

それは絵になるほど美しい大剣で、柄や鍔《つば》に神聖文字と精巧な意匠が刻まれた唯一無二の聖剣である。柄頭にはレグナードの象徴でもある守護神【聖竜】も彫り込まれ、その巨大な剣身はガラスかと思うくらい透き通った美しい刃を持つ。一振りすれば山を断ち、二振りすれば海を割る。

そんな巨大な力を持つ聖剣を、カノープスが振りかぶり闘気を込め始めた。

「お前たちも離れていろ。聖剣技……竜刃烈破っ!!」

――ドカァァァァァァァァァン!!

聖なる一筋の巨大な斬撃がボス部屋を直撃した。辺りは土埃に包まれ、前面にあったボス部屋の壁は吹き飛ばされていた。ガラガラと天井からも瓦礫《がれき》が崩れ落ちてくる。

すると、その瓦礫の音を打ち消すかのように大きな声が部屋に響き渡った。

「ちょっと、何これー!? 信じらんなぁーい！ 私たちの服が埃だらけなんですけどぉー!?」

「あっ、ラブちゃん!! あんた左手のネイル全部取れてるわよ？ やーだぁー、ちょっと笑わせないでよぉ、もーう!!」

「えぇー、うっそー!?　ヨルちゃんに見せるためにネイル頑張ったのにぃー。てゆーかぁー、このファビュラスな瓢箪《ひょうたん》に攻撃を全部吸収できなかったんですけど!?　ねぇ、ピースちゃん、ちょっとあんた何か言ったげてよぉー!!」

「ちょっと、あんたたちっ!!　部屋に入る時は必ずノックするものよ!!　そんなマナーも習わなかったのかしらっ？　もう、このスケベ!!」

　土埃が晴れていくと、そこには大きな黒い瓢箪を構えながら、部屋を守る二体のミノタウロスが現れた。その姿は見るものを畏怖《いふ》させるかの如き存在感があり、丸太ほどある太い四本の腕、八個に割れた見事な腹筋、濃い体毛が下半身を包み、まさに化け物と呼べる様相を呈していた。

　そして勇者たち八人をさらに驚愕させたのは、その二体が身に着けているフリル付きのピンクのミニスカートだ。しかし、それはもうミニスカートとは呼べないかもしれない。二体の恐ろしく発達した腰まわりの筋肉がスカートを上へ上へと押し上げ、それはもう腹巻と同一の位置にまで達しようとしていた。……そう、隠されていないのだ。これはスカートなのか？　むしろ、スカートの定義ってなんだっけ？　そんな勇者たちの疑問もラブの一言でかき消される。

「あっらーー、この子たち可愛いじゃなの!?　ピースちゃん、イケメン選び放題よ!!」

「ねぇ、ラブちゃんは誰がいいの？　誰がいいの？　きゃーー（裏声）、そそり立つぅ!!」

「ちょっとー、あんた落ち着きなさいよ。欲望が溶岩の如く流れ出てるわよ?・」

「あらやだ、アタシとしたことが。で、ラブちゃんは誰にする?・」

「んーーー……みんなイケメンだ・け・ど、やっぱりよく見たら、どれもヨルちゃんには遠く及ばないわね？　タイプじゃないわ」

「そうね。ラブちゃんの言う通りつまみ食いにもならないわね……ってことで、ボン《坊》？　アソンデヤルカラ、カカッテコイヤァァ!!（太い声）」

「そうよ。乙女の身体傷つけたことを、末代マデ後悔サセテヤルワァァ!!（太い声）」

二体の牛面乙女が戦闘モードに入ると、アリエッタとマリエッタが口を開いた。

「ねぇ、ちょっと!!　あんたたちさっきからほんとにキモいんだけどっ!?　もう死ねば？　カノープス様を馬鹿にするなんて許さないんだから!!」

「あーちゃんの言う通りですぅ。あなたたちのような醜い生物は絶滅するべきだと思いますぅー。死んで？」

「「……黙れブサイク」」

この牛面乙女たちの一言が、アリエッタの逆鱗《げきりん》に触れた。

「……こっ……の!!　腐れチン……」

「はいはーーい!!　そこまでよ？　その先のセリフは女の子が言っちゃダメぁーメっ！　んもう、はしたないんだから。お仕置きが必要ね？」

アリエッタが詠唱破棄で雷撃を乙女二匹に浴びせかけようとすると、ラブが手に持っていた瓢箪の栓を抜き、それを勇者たちへと向けた。

「「お・か・え・し」」

黒い瓢箪から、先ほど勇者が放った斬撃と同じ衝撃波がアリエッタを襲う!!

「アリエッタ！　伏せろっ!!」

「きゃっ……」

瞬時にオズワードとバーナルドが大盾を構えてアリエッタの前へと出る。

「［聖護防壁盾《フォースシールド》］」

――ズドォォォォォォォォン！！！

前衛二人が繰り出した防壁に阻まれ、その衝撃波は部屋の中で轟音と共に霧散《むさん》した。パラパラと、衝撃で崩れた天井の欠片《かけら》が部屋中に落ちてくる。

「あっらーーん、ラブちゃん、防がれちゃったわよ？」

「やるわねぇ。ちょっと、あんたたち!!　ちゃんと喰ーらーいーなーさーいーよぉー」

カノープスが聖剣をギュッと握りしめ前へと出る。

前衛二人は張っていた聖なる防壁を慌てて解除した。

「下郎が。覚悟はできてるんだろうな？」

自身の技を跳ね返された。勇者の怒りを買うのには十分すぎる理由だ。アスカロンを構え、鬼の形相で乙女二匹に斬りかかろうとした刹那《せつな》……、部屋全体に立体複合魔法陣が発動する。

そう、警戒心も高く、ついでにプライドも高い勇者。その勇者自らが転移トラップに引っかかってしまったのだ。普段の状態であれば、ありえないようなミス。勇者の顔はみるみる赤くなっていった。そして牛面乙女がそれに拍車をかける。

「ふふふ……、坊《ぼう》や？　まだまだ青いわね？　イクの、は・や・す・ぎぃー!!」

「私たちを口説きたいなら、ちゃんと漢になってからいらっしゃい？　童貞ボーイに私たちはまだ早いわよ？」

そして、カノープスの中で何かがキレた。転移魔法陣に身体半分埋まりながらも、ラブとピースに攻撃しようと激しくもがきながら叫んだ。

「貴様らぁぁぁ!!　必ず、必ず殺してやるからなぁぁぁぁぁーー!!　いいなぁぁぁーー!?　殺してやるから覚えてろぉぉぉぉーー!!」

目を大きく見開きカノープスは力の限りそう叫ぶ。そしてブチギレ状態のままで九階層へと送られるのであった。

「ラブちゃん、私、こわーーい……」

「ピースちゃん、大丈夫よ？　ヨルちゃんがちゃーんと葬ってくれるから私たちは二階層で大暴れしましょ？」

「きゃーーー、素敵!!　そうよね！　ヨルちゃんなら余裕よね？　じゃ、二階層へGOよ!!　ヨルちゃん……ごめんね。テヘペロ」

そして転移魔法陣が発動し、それぞれが別々の階層へと飛ばされた。

ブチギレの勇者と共に……。

第三章　勇者の守護者

『ゴブリダさん、オペレーターのシャーリーです。三階層より、騎士団が降りてまいります。戦闘配置についてください』

「シャーリー殿、既に迎撃態勢は整っております。いつでも戦闘は開始できますゆえ、いつでもご指示ください」

　勇者たちが転移トラップに嵌ってから数十分。遅ればせながらも聖騎士隊と騎士団は四階層へと到着した。

「ゴブリダ様！　黒鬼騎士団及びゴブリン兵団、全四十二隊配置完了しました」

「ごっ……ゴブリダの兄貴ぃ!!　は、ははは早くやらせろよぉぉ!!　かっ……身体が疼《うず》いて、疼いて仕方ねぇーんだよぉぉ……。おでたち狂戦士団に、ままま、任せてくれれば全部やるかららららら、……ヒャッハぁぁーー!!」

　ゴブリダの前に、黒鬼騎士団副長のゴブスロと、狂戦士団のゴジャギが報告にやってきた。

「うむ。ゴブスロにゴジャギよ。落ち着くのだ。全て、主様の予定通りにことが進んでおる。我らが勝手に動き、それを崩すわけにはいかん。シャーリー殿の指示を待て。ところでゴジャギよ。その鎧はどうしたのだ？」

　ゴブリダの目に入ったのは、異様な雰囲気を醸《かも》し出している銀色のハーフアーマー。その両肩の肩当からは針のように尖《とが》った棘《とげ》が数本伸びていた。

これは以前ルルが作り出した試作防具である『二重呪の鎧《ダブルカースアーマー》』。呪いの二重掛けを施した鎧である。

だが試作品であるため、残念ながら効果は未知数。

それでもゴジャギは嬉しそうにゴブリダへと語り出す。

「こっ……ここコレ、ルルたんが、おでのために作ってくれた、よっ……よよよ鎧。こっ……ここ、この肩のトゲトゲ刺すと気持ちぃぃぃ。刺す、血が出る、気持ちいぃぃ、にゃはぁぁぁ」

「そっ……そうか。ルル殿の新しい鎧か。しかしゴジャギよ、まだ戦闘前だぞ？　戦う前に頭から流血する奴がおるか！　後で派手に暴れても良いから、もう少し待て。……あと、もう少しだ」

するとシャーリーからゴブリダに念話が入る。

『ゴブリダさん、騎士団たちの進軍を確認。戦闘を始めてくださいい！』

「御意っ！　ゴブスロ、ゴジャギ、戦闘開始だっ!!　行くぞ!!」

こうして四階層の防衛戦が始まった。

⌘

《二階層》
……ここは、どこだ？　草原？
勇者の守護者であるオズワードは強制転移で二階層へと送られていた。取り乱すこともなく、冷静さを保っているのは場数をこなしているためだろう。そして本人が転移先に気付くのに、そうたいして時間は掛からなかった。

なっ……二階層か⁉　くそ、やられた‼　カノープス様と分断させられたのか⁉　部屋丸ごとの転移トラップなんて聞いたことがないぞ⁉　すぐにみんなと合流しなければ。

するとオズワードの視線の先に見慣れたシルエットが目に入る。

「おい、バーナルド‼」

「おぉ‼　オズワードか！　無事だったか。カノープス様は？」

「わからん。おそらく、俺たちとは別の階層へと転移させられたのだろう。きっと、ここの迷宮主の狙いは俺たちとカノープス様との分断だ。探し出して合流するぞ‼」

「わかった。行こう」

勇者の守護者の中でも、この聖十字騎士《クルセイダー》の二人は守りの要とも言える存在だ。共に装備するその大盾は、幾度となく勇者に降り注ぐ様々な攻撃を受け止めてきた。まさにタンク役の鑑と言っていいだろう。そして、その防御特化の二人と相対するのは……。

「こーら！　ちょっと、どこいくのよぉ～。やっと、二対二になったんじゃな～い」

「そうよぉ～。お楽しみは、こ・れ・か・ら」

四腕のミノタウロス二体である。破壊の化身とも思えるその巨体は見るだけでも圧倒される。

オズワードとバーナルドはすぐさま警鐘《けいしょう》を鳴らした。

そしてオズワードは槍のように柄の長いハンマーアックスを、バーナルドはスパイク付きの鉄棍《てっこん》棒《ぼう》のようなバトルメイスを手に戦闘態勢へと移った。

「あら、やだん。あんたたち、そんな貧相な武器でアタシたちとやろうと思ってるわけ？」

「ラブちゃんの言う通りよ～。そんなガラクタに頼らなくてもいいじゃない。あんたたちも、アタシたちと同じように相応しい武器を持ってんでしょーが。これよ、こーれ」

そう言うと、ピースは固く握りしめた拳を前へと突き出す。

「漢は拳で語り合うものよ!!　さぁ、アタシたちと一緒に語り合いましょーか!!」

ラブとピースが大地を蹴り、オズワードとバーナルド目掛けて突進していく。並みの冒険者相手ならば、その圧力だけでも恐怖を与えるのだが、さすがは勇者の守護者。それに怯《ひる》まず迎え撃つ。

「バーナルド！　俺がバフをかける。お前は障壁を頼んだぞ？　行くぞっ……神聖防御加護《ホーリィ・ブレス》!!」

「あぁ、わかった。くそっ、一撃がデカそうだぜ！　……五重金剛幕《ダイヤプロテクション》!!」

「「どっせぇぇぇーーい!!!」」

ラブとピースが二腕の右ストレートを繰り出すと、聖十字騎士たちに直撃する前に見えない壁に阻まれた。そして凄まじい轟音と共に、辺りに衝撃波が拡散していく。草木は薙ぎ倒され、ダンジョン内に爆風が吹き荒れる。

「あっらー、あんたたち意外にやるじゃないの？　防がれるなんて思わなかったわ！　でも、これはどう？」

ピースがそう言うと、腰から白い刀身の大鉈を引き抜いた。

「穢《ケガ》レ給《タマ》へ汚レ給へ……、ソノ障壁ヲ……、穢レ壊シ給へ……【五祈刀《ごきとう》】!!」

「……!?　バーナルド!!　後ろへ跳べっ!!」

オズワードの叫びも空《むな》しく、バーナルドは展開した防御障壁ごと大鉈で叩き斬られてしまった。袈裟斬り気味に入った斬撃が直撃したのだ。そして勢いよく鮮血が噴き出し、バーナルドの鎧はみるみるうちに真っ赤に染まっていく。二人を守るように展開していた防御障壁はガラスのように粉々になり崩れ去った。

「ぐはぁっ⁉」

「バーナルドっ‼」

崩れ落ちても不思議ではない一撃。それをバーナルドは持ち前の気力でなんとか踏んばった。そして斬られてもなお、その闘志は折れず右手に持ったバトルメイスがピースの顔面を捉える。

鈍く重い音が響きわたり、ピースが後方へと吹き飛ばされた。

「げふんっ‼　……いいわ、今の一撃いいじゃないの‼　久しぶりに感じちゃったわ……ふぅぅぅう、滾《たぎ》ってきたぁぁ‼　どんどん行くわよ‼」

ピースはバーナルドに回復させる暇を与えず、左腕に巻きついた鎖鉄球をブンブンと回しながら攻撃を続けていく。一撃一撃が、まるで爆撃のような攻撃。大地は爆発で抉《えぐ》れ、どんどん辺りの地形が変わっていく。それをバーナルドはバトルメイスと大盾で必死に捌《さば》いていった。

オズワードがジリ貧のバーナルドのフォローに入ろうとすると、それを阻止するかのように頭上から巨大な軍配が振り下ろされた。それをバックステップで間一髪躱すが、その軍配の一撃で大地が大きく凹む。

オズワードの頬に冷や汗が伝った。自身の背丈ほどもある軍配だ。攻撃範囲もおのずと広くなる。そしてその威力も半端なく大きい。

「ちょっと、あなた⁉　なんで避けるのよぉー‼　当たりなさいよぉ‼」

「バケモノめ、調子に乗るなよ‼」

オズワードがハンマーアックスを握りしめ、それをラブの頭上へと振り下ろす。ラブは軍配でハンマーアックスを撃ち返し、逆に左二腕のストレートをオズワードへと叩き込んだ。

なんとか大盾でガードし直撃を避けたが、そのまま岩壁へと叩きつけられ吐血する。

「あら、あんたちょっといい男になったじゃない。やっぱり男は血を流してなんぼよね」

「ふん、図体だけの馬鹿に言われたくはないな……喰らえ変態」


——ズドォォォーーーン!!


突如、ラブの足元が爆発する。オズワードがラブに吹き飛ばされる直前に放り投げた起爆ポーションが爆発したのだ。黒い煙が辺りを包む。

「ごほっ、ごほっ!! ちょっとぉ!! めっちゃ煙たいんですけどっ!?」

ダメージはほぼゼロ。しかし、それでいい。僅《わず》かにできた隙をオズワードは見逃さなかった。

「はぁぁぁぁ……、塵《ちり》と化せ地竜轟衝撃《グランドバスター》ぁぁ!!」

オズワードの闘気を纏ったハンマーでの多段連撃。自身を独楽《こま》のように回転させ、遠心力を乗せて相手に打ち込む技だ。その威力は一撃一撃が必殺の威力。その総攻撃数……なんと二十七連撃!!

並の魔物であれば塵さえ残らない技である。ラブもそれを必死で捌いていくが、オズワードの攻撃数が次第に勝り始め、攻撃が次々とヒットしていく。

「うぉぉぉぉ、砕け散れぇぇーー!!」

そして最後の攻撃をラブへと打ち込むと、地面は大きく爆《は》ぜ粉塵《ふんじん》が舞い上がる。まさに会心の一撃。大地は削れ二〇メートル近いクレーターができた。

「ちょ……ちょっとラブちゃんっ⁉」

「やっとお前にも隙ができたな。吹き飛べ‼　……剛鬼粉砕衝《スカル・ドライヴ》‼」

バーナルドもバトルメイスに巨大な闘気を纏わせ、必殺の一撃をピースへと叩き込んだ。

まさに全身全霊の一撃。スクリューのようにバトルメイスは回転し、無防備なピースの胴体へと突き刺さる。轟音と共にピースは数百メートル先まで吹き飛ばされ、それをなぞるように衝撃波で大地も抉れた。

「はぁはぁはぁ……この変態どもが」

「ごほっ、ごほっ……。気色悪いんだよ……あと………」

「「俺たち、勇者の盾をなめるなよ‼」」

漢たちが吠えた‼


「バーナルド、ハイポーションだ。悪いが鎧の上からかけるぞ？」

「あぁ、すまない。……痛《いっ》っ。それにしても驚いたな。あの白牛の奴、俺の防御障壁を難なくぶった斬ったぞ？」

「確かに。あれには俺も驚いた。まさか、あんなスキルがあるとはな」

バーナルドの傷が白煙を上げながらみるみると塞がっていく。しかし、ポーションは傷を治すが体力までは回復しない。万が一、これであの二匹を倒せていなければ泥試合となってしまう。もう、こちら側には相手を仕留めきれる技は撃てないのだ。それほどまでに体力の消耗の激しい技を二人は放ってしまった。

　しかし、世の中というものは悪い予感ほど的中する。まだ舞い上がる粉塵の中に、二体の巨躯の影が映った。

「おいおい……。あれを喰らって立ち上がるとか反則じゃないか？」

「嘆くなバーナルド。立ち上がるなら、再び叩き潰すまでだ。やるぞっ!!」

　二人は再び武器を構えると、粉塵から血だらけになった二体のミノタウロスが姿を見せた。ピースは胴体の真ん中が大きく捻《ね》じれた跡が残り、ラブに至っては顔は腫れ上がり流血し、上腕二本がおかしな方向を向いている。

「ちょっと、やぁーだー。ラブちゃん、あんた酷いブスよ？　どしたの？　整形でも失敗したの？ねぇ、大丈夫？　ほんと、まごうことなきブスよ？」

「ひっどーい。ピースちゃん、それひっどーい。アタシ、ショックで寝込みそう。もうマジ卍《まんじ》」

「ラブちゃん、何言ってんのよ。それでもニコニコしてた方がブスは緩和されるわ！」

「それもそうね！　てゆーか、アタシさっき本気で死にかけたんですけどー!?」

「あんた、何言ってんの？　オカマは死なないわよっ!!　バーのママ《漢》も言ってたもの。……オカマは最強って。それよりも、やられたんならやり返すわよ!!」

　ミノタウロスの種族スキル【不屈】。文字通り不屈なわけであり、二匹の心が折れない限り、どんな怪我を負っても立ち上がるという根性スキルが発動していた。実はこの二匹、既に体力がギリギリなのだ。それほどまでに、先ほどの聖十字騎士《クルセイダー》たちの攻撃は凄まじかった。

「ちょっと、あんたたち!!　マジで死にかけたんだから！　もぉー怒ったわよ！　……牛だけに！

それよりも名前教えなさいよぉ！」

「そうよ、名乗りなさい！　すべからく名乗るべきなのよっ!!」

「ふん、いいだろう。俺たちの名前を刻み込んでから地獄へ行くがいい。俺は、勇者の守護者である聖十字騎士のオズワード・ベイリー」

「同じく、聖十字騎士のバーナルド・ビルソン！　お前たちを屠《ほふ》る者の名だ！」

人族の名乗りという文化は様式美のようなもので、名乗れと言われたら名乗らずにはいられない。

たとえ、それが罠だとしても……。

「はいはい、オズワードちゃんにバーナルドちゃんね。わかったわ！　じゃあ、……刻みなさい【芭蕉宝印扇《ばしょうほういんせん》】!!」

ラブが手に持つ、全長が二メートルほどもある黒の軍配に金色の文字でオズワードとバーナルドの名が刻み込まれる。すると軍配が赤黒い魔力を纏い始めた。

「お・バ・カ・さ・ん!!　さっきはよくも避けてくれたわねぇぇ!!　乙女の顔を傷つけた罪は重いわよ!!　喰らいなさい!!」

ラブが軍配を一振りすると、二つの赤黒い斬撃が地面を抉りながら、聖十字騎士の二人に襲いかかる。二人はそれをサイドステップで躱し、カウンターを狙おうとする。……が、しかし。

その斬撃はありえない角度で急に曲がり二人を直撃する。盾で捌くのも間に合わず、ほぼノーガードの状態で攻撃を受けてしまった。爆音と共に二人が吹き飛ばされる。

「がはっ、がはっ!!　……バ、バカなっ!?」

「ざっ……斬撃が急に曲がるなんてありかよ」

二人の鎧も肩当や小手などが破壊され、その威力のほどが窺い知れる。

「うふふ……、この素敵扇のスキルはね、名前を刻んだ対象に確実に攻撃を当てるものなの。残念ながら回避不能よ？」

「ラブちゃんずるーい！　あたしも語りたいのにぃ。いい？　アタシの【五祈刀】はね……」

「聖光《レイ》!!」

オズワードの右手から、詠唱破棄で唱えられた聖なる閃光が放たれる。

それがラブとピースの顔面に直撃した。

「ぶはっ、あいたぁぁぁぁぁーーー!?」

「ちょ……ちょっとぉぉ!!　まだ人が話してる途中じゃないっ!!　あぁ、もう髪型が台無しっ！」

詠唱破棄とはいえ、極光魔法の【聖光】はDランク魔物《モンスター》であれば瞬殺するほどの威力がある。オズワードとバーナルドは二体のタフさに若干呆れつつも、最後の攻撃に移ろうとしていた。

「おい、相棒《バーナルド》」

「なんだ相棒《オズワード》？」

「正直、攻撃に関しては詰んだな。あのバケモノを倒す手立てが思いつかん」

「……そうだな。じゃ、やることは一つじゃねえか。囮役《おとり》は任せとけ」

「……頼む!!」

ラブの持つ軍配が再び赤黒い力を纏う。しかし、それは先ほどの比ではない。ボフン、という音と共に大きく魔力が膨れ上がった。

「これで終わりよ筋肉ボーイたち!!　喰らいなさい!!　【芭蕉羅漢十八衝《ばしょうらかんじゅうはっしょう》】!!」

ラブが放った赤黒い十八もの巨大な斬撃。これが全て追尾するのだ。二人の逃げ場などない。すると盾を構えたバーナルドが一歩前へと出る。

「……神よ、悪しき者から我々を守り給え、神金防御幕《オリハルコン・プロテクション》!!」

バーナルドたちの前に七色に輝く防御障壁がオーロラのように出現する。

それを見たピースも大鉈を振りかぶった。

「無駄よ!!　穢レ給ヘ汚レ給ヘ……、ソノ障壁ヲ……、穢レ壊シ給ヘ……【五祈刀】」

全ての攻撃を弾く防御障壁も、ピースの対魔法《ディスペル》スキル【五祈刀】によって、すぐさま解除されてしまった。斬撃がオズワードとバーナルドを捉える。

「あぁ、読んでたさ……防御できないなら跳ね返すのみ!!　魔光反射鏡《カバンリフレクト》!!」

二人の前に聖なる光でできた大きな鏡が出現し、ラブが放った斬撃をことごとく跳ね返していった。そして全ての攻撃をはじき返すと、鏡は大きな音を立てて粉々に砕け散った。

自分たちの技で倒せないなら、相手の技で倒せばいい。この逆境を跳ねのける渾身《こんしん》のカウンター魔法。思わずオズワードの口元に笑みが浮かぶ。

「ふふっ……勝ったと思ったでしょう？　甘いわね。勝負は最後の最後まで諦めないオカマが勝つもんよ!!　吸いなさい!!　【黒葫蘆《くろひさご》】!!」

跳ね返した斬撃が、ラブが左手に持つ黒い瓢箪に次々と吸い込まれていく。この【黒葫蘆】は魔法や闘気といった放出系の技を吸収し反射するカウンタースキル。そして次の瞬間……。

「はい、プレゼント♪」

ラブの一言で、瓢箪の中の斬撃は吐き出され再び二人に襲いかかる。大盾を構え防御を試みるが、それも空しく、被弾する斬撃の嵐に呑み込まれていった。その身を守る鎧は粉々に砕かれ、二人は地面へと崩れ落ち意識を失った。

「ふぅ……。あんたたちマジで強かったわ。いい勝負だったわよ？」

「だから安心しなさい。命までは取らないわ。……でもね」

「「……悪戯《いたずら》はさせてもらうわよ!!」」

二匹の獣の「大漁、大漁!!」の掛け声と共に二階層の激戦は幕を閉じた。

⌘

所変わって、六階層……。

「くそ、飛ばされおったか!? まさか転移トラップとはな。ぬかったわ」

この六階層に転移させられたのは、勇者の守護者であるドワーフのヴィクター。

聖十字騎士《クルセイダー》の二人が勇者の盾であれば、このヴィクターと七階層へ転移したイザークは勇者の矛。

その職業も【重装剛戦士《ホプライト》】と呼ばれるものだ。

「それにしても、ここの階層は水の音がうるさいのお!!」

ヴィクターが階層を歩いていくと三匹の鬼牛蛙《オーガ・トード》が道を塞ぐ。

「ほう、これはこれは。角付きか。それにしても大きいな。酒のツマミに合いそうじゃわい」

ヴィクターが腰にある二本の片手斧《ハンドアックス》を手に取り、鬼牛蛙に斬りかかろうとすると、いきなり後方から無数の舌が伸び、ヴィクターの身体を拘束した。

「こりゃ凄い。魔蝦蟇《ギガン・トード》もおるんか‼」

後方より現れたのは魔蝦蟇五匹。舌でヴィクターの強靭な身体を拘束し、鬼牛蛙が自慢の角でヴィクターを突き刺そうと突進を始めた。

「ふぅぅんぬぅぅぅ‼」

するとヴィクターの筋肉がさらに隆起し、両手で魔蝦蟇の舌をかき集める。そして背負い投げの要領で鬼牛蛙目掛けて放り投げた。

「おいしょぉぉぉ‼」

そのまま魔蝦蟇は鬼牛蛙と一緒に壁へと激突する。

「トドメじゃ。……斧魔鷹《トマホーク》‼」

ヴィクターの片手斧が、回転しながら蝦蟇《がま》たちに飛んでいき、一瞬でその身体を斬り刻んだ。蝦蟇たちを斬り刻むと斧は回転しながらヴィクターのもとへと戻り、それを鮮やかに受け取った。

「ふん……、他愛もない」

「押ーー忍‼　実にお見事ですっ‼　押忍っ‼」

ヴィクターが振り返るとすぐその背後に、手を後ろに組んだ白髪の男が立っていた。

突然現れた気配すら感じさせぬ男にヴィクターは驚嘆し、すぐさま距離を取る。

ヴィクターは冷や汗をかきながらこう思った。「儂《わし》、気配感じなかったのになんで攻撃しなかったの？」と。

理由は実に簡単である……。この男……、ド真面目なり‼

こうしてド真面目熱血野郎VS髭もじゃおっさんドワーフの戦いが始まった。

「お主、何者じゃ？」

完全に背中を取られる。戦闘でこんな不意を突かれたのはヴィクターにとっては初めての経験である。だからおのずと相手の名前も聞きたくなった。驚きはしたが畏怖することはなく、むしろ敬意すら払っていた。

「がははははは!!　こりゃ愉快じゃ！　魔族のくせに男気があるではないか。しかし何故《なにゆえ》さっき儂に攻撃を仕掛けてこなかったのだ？　隙だらけだっただろうに」

「押ー忍!!　自分は、このダンジョンの死天王をやってるアーヴァインと申します!!　押忍っ!!」

「自分は貴殿に真正面から正々堂々勝ちたいのであります!!　押忍っ!!」

「がーはっはっはっは!!　ますます気に入ったぞ!!　儂はヴィクター。こう見えても今まで魔族相手に負けたことがなくてな。全力でお主の相手させてもらおう」

「ではヴィクター殿、自分も最初から全力で行かせてもらいます!!　いざ……尋常に勝負っ!!」

そう言うとアーヴァインが先手を仕掛ける。手を掲げ風塵魔法を唱えた。

「押忍っ!!　【風神嵐槍《エアリアルランサー》】」

数十個の圧縮された風の塊がアーヴァインの周りを取り囲み、それが一斉にヴィクターに向かって撃ち出された。風の弾丸は白い尾を引き、まるで長槍のようになりヴィクターへと襲いかかる。

「ぬぅん!!」

ヴィクターは両手に持つ片手斧《ハンドアックス》の柄頭と柄頭を繋ぎ合わせ、一本の両手斧《バトルアックス》へと形成する。そしてそれを、片手で風車のようにグルグルと回転させ、風の槍を全て打ち払った。

轟音と共に打ち消された衝撃波が円状に広がる。

「がっはっはっ!!　上級魔法まで使いよるか。面白い。相手にとって不足なしっ!!　おりゃあ!!」

ヴィクターは両手斧を円を描くように振り回しながらアーヴァインへと襲いかかった。

アーヴァインはそれを柳の如くスラスラと躱していく。スキル【無音】の効果もあり、音もなく躱し、すり抜ける身のこなしはまるで亡霊。

ヴィクターはアーヴァインの異様な雰囲気に戦慄《せんりつ》を覚える……。目の前にいるのにもかかわらず、まったく存在感を感じることができないのだ。

相手の動きが読めない……。そう思ったヴィクターはすぐさま攻め手を切り替えた。

「ふん!!　『個』の攻撃が躱されるなら『全』の攻撃に切り替えるまで。【双斧連天撃《そうふれんてんげき》】!!」

ヴィクターは頭上で両手斧を回転させると巨大な旋風を巻き起こした。すると巻き起こした風が無数の斬撃となってアーヴァインへと襲いかかる。

「……っ!?」

アーヴァインも堪《たま》らずスウェーやバックステップを駆使して避けていくが、あまりの攻撃密度に次第に被弾していく。そして最後の一撃は、アーヴァインの胸にクリーンヒットし、横一文字に鮮血が飛び散った。

「くっ……やるでありますな!!」

「どーしたどした？　これで終わりじゃないよな？　とっておきがあるのなら早く出した方がいいぞ。じゃねえとトドメ刺しちまうぜ？」

相手を見くびっていたわけではない。ただアーヴァインの予想以上に相手は強かっただけ。自身と同等……もしくは少し上の相手と切り替えアーヴァインも攻め手を変える。

アーヴァインは右手を前に突き出し、掌を地面へと向けた。すると足下に魔法陣が出現し、一本の銀の大鎌が姿を現した。

「押忍!! 使わせていただきます!! 【殺戮の大鎌《デスサイズ・レイダー》】」

アーヴァインは大鎌をヒュン……と一回転させ構えを取る。

「ほう、お主も長物《ながもの》か!! 面白い。儂の斧が上か、お主の鎌が上か勝負じゃっ!!」

ヴィクターは両手斧《バトルアックス》に闘気を纏わせ、再びアーヴァインに斬りかかった。嵐のような斬撃。アーヴァインは躱すたびに、風圧で身体ごと持っていかれそうになる。そしてアッパーカット気味の斬撃がアーヴァインを捉えた。……しかし。

アーヴァインは、その斬り上げの斬撃を正面から受け止めず、峰の部分でスルッと受け流した。そしてそのままテコの原理で、柄頭をヴィクターの顎にヒットさせ下から上へと突き上げる。まさに会心のカウンター攻撃。

ヴィクターは勢いよく吹き飛ばされ、受け身を取ることもなくダンジョンの壁へと激突する。だが、すぐさまヴィクターは何事もなかったように、崩れた瓦礫をガラガラとどけて立ち上がった。

そして口の中の血だまりを吐き捨て、アーヴァインへと話しかける。

「ブッ……、良い攻撃じゃった！ 相手の力を利用してのカウンター。実に見事」

「押忍っ！ ありがとうございます!!」

「だが、軽い。こっからは儂も本気で行くとする」

ヴィクターが両手斧を片手斧《ハンドアックス》に切り替える。そして闘気を纏ってアーヴァインへと突進していく。

恐ろしい速さの二本の戦斧《せんぷ》が、アーヴァインへと襲いかかった。

「喰らうがいい、斧零芭彗星爆破《フレイディ・マーキュリー》!!」

冗談かと思うほど凄まじく圧縮された闘気。密度も非常に濃く、ヴィクターの挙動が残像となり残る。アーヴァインも必死で躱していくが、斧を避けても衝撃波が発生し、その先にある壁や地面は粉々に破壊されていった。

ヴィクターのこの乱舞技は相手にヒットしなくても、その衝撃波だけで相手の体力を削り取るまさに剛の技。アーヴァインの肌はスリ切れ、避けるたびにジワリと血が滲《にじ》んでいく。そして連撃の末、ついにヴィクターの戦斧がアーヴァインを捉えた!!

「もらったぁぁーーー!!」

「……【隠者の庵《ハーミットワールド》】」

ヴィクターの回避不能攻撃。アーヴァインを完璧に捉えた一撃だったが、それをあざ笑うかのように、アーヴァインは闇に呑み込まれて戦斧を回避した。一瞬にしてアーヴァインが、その場から消えたのだ。
・・・
——ズドォォォォォォン!!

空振りした戦斧は、そのまま地面を砕き、まるで爆心地のように波状に亀裂が広がっていく。通常では考えられないような回避行動。ヴィクターは予期せぬ空振りによって、右手の骨が砕け使い物にならなくなってしまった。あまりの激痛にヴィクターは顔を歪める。

「押忍!!　ヴィクター殿、この対決は自分の負けです！　文句なしの完敗です!!　しかーーし、ヨルシア団長のため勝負には勝たせていただきます!!　押忍!!」

「ぐぅ……、まさか躱されるとはな。しかし気配もなければ魔力も感じぬ。お主、近くにおるんじゃろう？　これもそのスキルの影響か？」

「押忍!!　自分の【隠者の庵《ハーミットワールド》】は、亜空間へと出入りが可能な能力であります！　卑怯《ひきょう》な手段となりますが、自分はヨルシア団長のためにもヴィクター殿に勝たなければいけません！　押忍!!」

「ふん……右手一本封じただけで、儂に勝てると思うなよ？」

「押忍!!　もちろんです！　では、参ります!!」

そうアーヴァインが叫ぶと、ヴィクターの右肩から左腰にかけて銀色の大鎌の刃がピタリと添えられていた。そして背後に出現したアーヴァインはそのまま鎌を引き、逆袈裟のような形でヴィクターを鎧ごと斬り裂いた。

ヴィクターの血が地面へと飛び散ったが、そんなことも関係なしと言わんばかりに、左手に持つ戦斧を裏拳のように振り回した。これもカウンター気味にアーヴァインを捉えるが、再びアーヴァインは一瞬で闇の中へと消えていく。そしてヴィクターの戦斧はまたしても空を切った。

「なんちゅー厄介な能力じゃ!!　近接物理特化の儂では相性が悪すぎる!!」

ヴィクターが泣き言を言うのも頷ける。どれだけ冷静に判断しても、アーヴァインに攻撃を当てる手立てが思いつかないのだ。近接攻撃範囲、攻撃回数、速度は自分の方が間違いなく上。しかし反射神経、判断能力はアーヴァインの方が上なのだ。そして、何よりも厄介なのがアーヴァインの零距離《ゼロ》攻撃。超反応が可能な勇者クラスでないと、もはや打つ手がない。

ただ、それでもヴィクターは諦めなかった。アーヴァインの出現に合わせてカウンターを叩き込もうと身構える。

しかし、無情にもアーヴァインの大鎌はヴィクターを捉える。

「【亡霊が斬り刻む協奏曲《ファントムディスコード》】」

突如として聞こえるアーヴァインの声に、ヴィクターはすぐ反応するが、周囲を見渡してもアーヴァインの姿は見当たらない。

はっ……と思い、天井を見上げると、すぐ目の前まで無数の斬撃が迫っていた。

アーヴァインは天井へと張り付き攻撃を放っていたのだ。ヴィクターは近接攻撃を意識しすぎてしまった。完全なる死角からの回避不能な多段攻撃。

ヴィクターに避ける術はなくアーヴァインの必殺の一撃をノーガードで喰らってしまった。

――ズダダダダダダダーーン！！！

轟音と共に地面は斬撃に沿って大きく裂け、ヴィクターの身体には幾多の傷が刻み込まれた。そしてブシュッ……と音を立てて鮮血が飛び散り、そのままヴィクターは地面へと倒れ込んだ。

「ヴィクター殿!!　ヨルシア団長が話ができそうな奴がいたら、連れてきていいとのことでしたので、拘束させていただきます!!　ありがとうございましたぁーー!!　押忍っ!!」

周囲に広がる水の轟音をかき消すほどの声が、六階層に響き渡った。

――六階層　勝者　アーヴァイン。

⌘

《七階層》

「ひゃははははぁー!!　おいおい、お前ら冗談だろ？　そんな実力で俺様に挑んできたのかよ？　おら、もっと必死に避けろよ！　じゃないとそろそろ殺しちゃうぜ？」

七階層に転移した双剣舞士《デュアルダンサー》のイザークの前には、既に息も絶え絶えになった忍び衆の面々が地面へと転がっていた。死者こそまだ出てはいないが、忍び衆たちの傷は深い。

「ケっ……ケロ……」

「ケロケロ、ケロケロケロと、お前らうっとーしいんだよっ!!　うらぁ、双牙斬空!!」

イザークの放った斬撃は横たわっている忍び衆たち目掛けて容赦なく放たれる。イザークは急所をワザと狙わず、足に狙いを定めて忍び衆の動きを封じていった。

忍び衆たちは攻撃を躱すこともできず、ただ一方的にイザークから攻撃を受けるが、誰一人その眼は諦めていなかった。頭《かしら》のパケロのためにも七階層を守護しなければ。その思いだけで、格上イザークからの攻撃を死に物狂いで捌いていた。

そう……、この七階層に肝心のパケロの姿はなかった。

『みんな、なんとしてもパケロ様がいらっしゃるまで持ち堪《こた》えるわよ!!』

『あぁ！　くノ一のケロカだけに格好つけさせるわけにもいかんしな』

『そうそう、お頭の進化さえ終わればこんな奴あっという間に……』

「ケロケロ、ケロケロと、お前らうっとーしいんだよっ！　うらぁ、双牙斬空!!」

イザークが剣を交差し斬撃を放つと、二つの斬撃が半月の弧を描くように地面を抉る。

ケロカたち忍び衆も必死で避けようとするが、躱すことも叶わず斬撃の余波で吹き飛ばされ、地面をゴロゴロと転がっていく。

『みっ……みんな……大丈夫!?』

『なっ……なんとかな。あと数発くらいなら……たっ、耐えられる』

『くそ、遊ばれてやがる。悔しいぜ……。それよりもケロカ、お前は俺たちよりも後ろにいろ。お前を死なせたら、お頭に面目が立たない』

『ちょ、ちょっと！　こんな時に何を言ってるんですか!?』

『照れるな、照れるな。お頭も、我らが殿《との》と同じように鈍感だ』

『そうそう。ケロカもちゃんと思いを伝えないと、リリーナ様のようにはなれないぞ？』

「んだよ。まだ元気そうじゃねーか……。お前らの鳴き声いらつくんだよ!!」

イザークが数十メートルもあった距離を一気に詰め、ケロカの腹をボールのように蹴り抜いた。

ケロカは地面を何回も跳ねゴロゴロと転がっていく。

『『『ケロカっ!?』』』

「ひゃっはっはっはっー!!　ボールじゃねーんだからそんなに転がるなよ!!」

周りにいた忍び衆がブチキレ、怒りに任せイザークに襲いかかる。が、しかし……悲しいほどあるその実力差に、為《な》す術《すべ》もなく一人、また一人とケロカのように蹴り飛ばされていった。

「おいおい……なんだよ？　お前らにも怒りや悲しみっつー感情があるのか？　勘弁してくれよ雑魚モンスターどもが」

そしてイザークは、周りの忍び衆をあらかた蹴り飛ばすと、一番初めに蹴り飛ばしたケロカのもとへと歩いていく。

『ケロ……カ……、にっ……逃げろ……』

『た……立て……逃げ……るんだっ』

『みっ……みんな……きゃっ!?』

イザークは、ケロカの腰まである長いポニーテールを掴み剣を構えた。

「んっ？　よく見たらお前……雌か？　あぁー……なるほど。だからさっき雑魚どもがキレやがったのか。よし、いいこと思いついた」

イザークがそう言うと、そのまま瀕死《ひんし》状態のケロカの髪を持ち、引き摺りながら忍び衆のもとへ歩いていった。

「おい、雑魚ども。顔を上げろ。これ……なぁーんだ？」

イザークが嬉しそうに、引き摺っていたケロカを髪ごと持ち上げ忍び衆の前へと晒《さら》した。

「お前ら、早く立たねぇとこの雌カエル細切れにすんぞ？　ほら？」

イザークはそう言うと、掴んでいたポニーテールをスパンっと真横に斬り裂く。髪を切られたケロカは、そのまま顔から地面へと崩れ落ちる。

『ケロ……カ……』

『げっ……外道めっ!!』

忍び衆たちは既に全員が限界に達していた。しかし、それでも身体を震わせながらケロカを助けるためにゆっくりと立ち上がる。

イザークにとってあまりに期待外れな忍び衆たち。興が醒《さ》めたのか、イザークは立ち上がった忍び衆たちを再び蹴り飛ばした。

「はぁ……怒らしたらもう少し遊べると思ったんだがな。こんなもんか。……つまらん」

『みんな……ごめんね。わ……私のせいで』

自分の不甲斐なさ、何もできない悔しさ、思わずケロカの頬に涙が伝う。

すると口元に邪悪な笑みを浮かべたイザークに、ケロカは頭をグリグリと踏まれた。

「ほぉ……なんだ。魔族でも泣くのか!?　ひゃっはっはっはっー!!　これは面白《おもしれ》ぇ!!」

イザークはケロカの頭を右手で鷲掴みにして、地面で横になる忍び衆の面々に晒した。

「おい、お前ら見ろよ？　この雌カエル泣いちゃってるぜ？　お前らがしっかり戦わねぇーからだろ!?　しょーがねーから俺様が最後にお前らにやる気出させてやるよ!!　しっかりと見とけよ!!」

イザークはそのまま力任せにケロカを上空へと投げ放った。そして二本の愛刀に闘気を纏わせ斬撃を放つ。

「二天斬衝破ぁーー!!」

イザークが放ったのは音速の抜刀《ばっとう》術。真空の刃で全てを斬り裂く必殺の一撃だ。それが無情にもケロカに襲いかかる。

死を覚悟したケロカが口にしたのは、悲鳴でも恐怖でもなく、主であるパケロへの謝罪だった。

『……パケロ様、……ごめんなざい』

ダンジョンに悲痛な叫びが木霊した……。

――ズドォォォォォォォーーーン!!

⌘

拙者《せっしゃ》は弱いでござる。魔王の息子パケロ・シュレーゲルとして生を受けたにもかかわらず、なぜこうも弱いのでござろうか？

父上が勇者に討たれ、ダンジョンを受け継いだのだが、持ち掛けられたダンジョンバトルでファマトに負けてしまい、ダンジョンも眷属も全て奪われてしまったのでござる。情けない……。これも全て拙者が弱いのが悪いのでござる。

現に今も、ダンジョンに勇者が攻めてくるというのに、我が殿ヨルシア様が勇者の守護者の相手を拙者に任せることを躊躇《ためら》ったのでござる。

正直ショックでござった……。拙者は殿に信用されていないのでござろうか？　殿のためならいくらでもこの命を差し出す覚悟はあるでござるよ!!

殿は拙者のために、ファマトと戦い、ダンジョンも眷属も全て取り戻してくれたではないか!!その恩義に報いるためなら、拙者はどんなこともするでござる!!

その想いを胸に拙者は殿に頭を下げた。殿は再び躊躇ったが、拙者の想いが伝わったのか、勇者の守護者を一人任せていただけた。相手は格上でござる。それでも負けることは許されない。もはや相打ち覚悟で挑むしかあるまいな。この命、殿のためなら惜しくない。
拙者はそう決意し、会議室を後にした。

翌日、殿が拙者のために、父上より受け継いだ和傘の錬金強化をしてくれることになった。なんと光栄なことでござろうか。強化に失敗しても殿がやったのなら悔いはないでござる。
そんな拙者の想いとは裏腹に、殿は見事に錬金強化をやってのけた。そして完成したのがこの【卍傘　天蛙】。なんと不思議な傘でござろう。殿だけではなく父上や、先代の使い手たちの魔力の波動が拙者に伝わってくる。これならば拙者も……。

拙者は早速、三階層の谷底にある魔獣の巣窟へと出向いたでござる。そこの主と対決するためだ。相手は拙者と同じCランクである剛鬼熊《オーガグリズリー》。鉄より硬いその皮膚は、ありとあらゆる物理攻撃を簡単に弾いてしまう強敵でござる。こやつを簡単に倒せねば、勇者の守護者を倒すなんて到底無理でござろう。以前の拙者ならば苦戦は必至。しかし、この殿より授かりし卍傘天蛙さえあれば、熊の一匹や二匹楽勝でござる!!　こうして剛鬼熊《オーガグリズリー》との戦いが始まった
結果は……拙者の惨敗。この卍傘を全然使いこなせなかったでござるよ。傘に魔力を込めようとしても、色んな魔力が邪魔をして、拙者の魔力が傘に伝わらなかったでござる。未熟者もいいとこでござるな……。拙者はこれほど己を呪った日はない。

どうすれば拙者は強くなれるのでござろうか？　もう勇者たちは明日にはやってくるというのに……。己の無力さに涙も出ぬでござるよ……。

武家屋敷にある蓮の池の前で、独りポツンとそんなことを考えていると後ろから手で目隠しをされる。このようなことをするのは一人しかいない。

「……ケロカ。やめぬか？」

「えへへへ！　パケロ様？　何を考えているんですか？」

くノ一であるケロカは幼い頃から一緒に育ち、拙者にとっては妹のような存在でござる。

「明日のことでござるよ。相手は格上の、勇者の守護者でござる。なんとしても殿のために負けるわけにはいかぬ。それが相打ちになろうともな」

「はぁ……。またそんなこと言って。そんなこと言ったら殿に怒られますよ？」

「殿に怒られる……でござるか？」

「当たり前です！　殿は我々を守りたいがために必勝の布陣を必死で考えているんじゃないですか！　それなのにパケロ様が死んじゃうなんて言ったら間違いなく怒られますよ!!」

「……殿はなぜ拙者らを守ろうと思ってるのでござろうなぁ。普通は逆ではござらぬか？」

「仲間だからだと思います。殿は我らを何よりも大切に思ってくれていますから」

「仲間か……。本当は拙者が殿を守らねばならぬのに……。守られるとはなんとも不甲斐ない仲間でござるな。これも拙者が弱いの……」

「何を言ってるんですかっ!!　違いますっ!!　パケロ様は勘違いをされてます」

ケロカが声を荒らげて、拙者の言葉を遮った。

「殿はよく我らの階層へ遊びに来られますよね？　私は殿が遊びに来るたびに、よくお話を聞いていたのですがパケロ様は知ってますか？　殿が以前、最下級悪魔の下級悪魔《レッサーデビル》だったことを？」

なんと!?　殿は拙者よりも弱い下級悪魔でござったのか……。

「それでも殿はパケロ様のようにご自身の弱さを否定したりしておりません!!　いえ、逆に殿は自らの弱さを受け入れておられるようにも思いました!!」

「自分の弱さを受け入れる……で、ござるか？」

「弱さを知るから、強くもなれる。自分の欠点なんて誰もが認めたくないものです。ですが、殿はそれを理解した上で前に進んでいたのだと思います!!　全てを受け入れる器の大きさ……それが殿の強さなんだと思います。だからパケロ様も自分を否定しないでください!!」

　ケロカの言葉が拙者の心に響く。己を受け入れるか……拙者は間違っていたのでござるな。

「それに誰かを守りたいっていう気持ちがあるパケロ様ならきっと強くなりますよ!!　殿から頂いた傘もあるではありませんか!!　勇者の守護者にだって負けるとは思えません!!」

　拙者はなんのために強くなろうとしていたのでござるか？　己のため？　皆のため？

「パケロ様？　だから約束してください。殿のために絶対死なないと。私もパケロ様のために死にませんから！」

　皆を守りたい。もう二度と失くしてはいけないでござる!!　だから守れるだけの力が欲しい。殿のために……ケロカや眷属たちみんなのために。ケロカが拙者に大切なことを気付かせてくれたでござる。ありがとうケロカ。拙者は自分の弱さも、ケロカたちの想いも、殿のように全てを受け入れて前に進むでござる!!

　すると突如、卍傘が輝き始めた。先ほどまで拙者の魔力を拒絶していた卍傘から、色んな魔力が拙者に流れ込んでくる。殿や父上、それに歴代の傘の使い手たち。

　そうか、拙者が邪魔だと思っていた魔力は、拙者に力を貸そうとしていたのでござるな。本当に拙者は己しか見えておらんかったのだな。これも気付かせてくれたケロカのおかげでござる。

「卍傘よ……拙者はお主を受け入れるっ!!　だからお主も拙者を受け入れてくれっ!!

「パっ……パケロ様っ!?　お身体が!?」

　すると周辺に魔素の嵐が吹き荒れ、拙者の身体が金色に輝き始めた。

　これは……進化の光？　卍傘が拙者を受け入れてくれたのか……。父上……。拙者は父上のように最後の最後まで皆を守りきれる強い忍びになりたいでご……ざ……る。

　そして拙者はそのまま武家屋敷で意識を手放した。

⌘

「二天斬衝破ぁーー!!」

　――ズドォォォォォォーーーーン!!

「ひゃぁーはっはっはっー!!　マジで弱すぎんだろ!?　手応えがなさすぎるぞ!!　いや、俺が強すぎんのか？　ひゃっはは……んっ？　紫色の傘？」

　イザークの斬撃がケロカに直撃したかのように見えたが、煙が晴れるとそこには親骨《おやぼね》の開いた藤色の傘がクルクルと回っていた。

紺と白の陣羽織。緑青色《ろくしょう》の肩口まで伸びた長い髪をハーフアップにまとめ、目元こそカエルっぽさを残してはいるが、容姿は美丈夫。腕には傷ついて弱りきったケロカを抱いていた。

『これが勇者の守護者とやらがやることなのでござろうか？』

――かつて自分の弱さに絶望し、自分を呪った忍びがいた。

『人々に羨望される者がする行いなのでござろうか？』

――もがき苦しみながらも、その忍びはあることに気付く。

『この世を照らす光がお主たちというのであれば』

――誰かを守るということの大切さを。

『拙者はこの世を斬る影となろう』

――その想いの強さが力となる。

『外道覆滅《ふくめつ》……。天忍《ニンジャマスター》パケロ・シュレーゲル、いざ参る!!』

パケロが【天忍】へと進化を果たした。

「誰だ、てめぇ？」

「……ケロ」

「またそれかよ？　いい加減聞き飽きたぜ。それにその雌を斬り損なっただろうが！」

イザークがそう言って地面を蹴ると、一足で間合いを詰めパケロへと斬りかかった。パケロを完全に捉えた一撃。双剣が交差し一瞬でパケロの首を刎《は》ね飛ばした。あまりの呆気《あっけ》なさにイザークが悪態をつく。

「ちっ……まさかの雑魚かよ⁉　期待させんじゃねぇよ。ゴミが」

イザークが落胆し後ろを振り向くと、正面にケロカをお姫様だっこしたパケロがゆっくりと歩いていた。

「……は？」

イザークは自身の目を疑った。間違いなく剣は奴の首を捉えて刎ねたはず。それなのになぜ奴は生きている⁉　イザークがパケロの死体を確認すると、そこには『ハズレ』と書かれ、真っ二つになった丸太が転がっていた。

「雑魚が調子に乗りやがって。……殺す」

格下の魔族ごときに馬鹿にされた。これ以上ないほど自身のプライドを傷つけられ、怒りでイザークの身体が小刻みに震える。その両手に持つ二本の剣には恐ろしいほどの闘気が集まっていく。

パケロは忍び衆のもとへとケロカを運ぶと、ゆっくりと慈《いつく》しむようにケロカを託した。そして一声「ケロッ」と鳴いて、その場を離れると、イザークの前に立ち塞がる。

「おい、クソガエル？　てめぇ、覚悟はできてんだろうな？」

パケロは再び卍傘を開くと、そのまま肩でクルクルと回し始める。その挑発的な態度がイザークをさらにイラつかせた。イザークはその右手に持つ剣でパケロに向けて斬撃を放つと、パケロはそれを防ぐこともなく、スルッ……と自身の影へと潜ってしまった。

――影移動《シャドウムーヴ》。

イザークはパケロのスキルを瞬時に見抜き自身の影へと目を向ける。珍しいスキルだが知っていれば対処も可能。影から出てきたところを、カウンターで迎撃しようとイザークは剣を構えた。そしてその読み通りにパケロの頭が影から出てくると、それをニヤリと笑みを浮かべ剣で薙ぎ払う。

——殺《と》った!!

まさに一瞬。パケロの首が胴体から綺麗に離れると、そのまま地面へとボトリと落ちた。

「ひゃーはっはっはー!!　クソガエルがっ!!　魔族の分際で人間様にたてつくんじゃゃねぇーよ!!」

憂さ晴らしをするかのようにイザークは、パケロの頭を高笑いしながらグリグリと足で踏みつけ始める。しかし……。

「……ケロっ」

不意に蛙の鳴き声が周囲に響き渡る。

イザークは高笑いをやめて、すぐに辺りを見渡すが誰もいなかった。いや、いなくなっていた。

先ほどまで瀕死で倒れていた忍び衆の面々までもがこの場から消えていたのだ。

なんだこれは？　何が起きている？　イザークは一呼吸置き心を落ち着かせた。感情に任せて冷静さを失うことは、いくら勇者の守護者とはいえ致命的である。

まずは落ち着いて状況を整理しようと試みたのだが、イザークの踏みつけていたパケロの頭はまたしても丸太に変わっていた。そしてその丸太にはこう書かれていた……『マヌケ』と。

一瞬で頭に血が上りイザークはキレた。手当たり次第に斬撃を放ち、周囲を破壊し始めたのだ。

まるで子供の癇癪《かんしゃく》のような行動。それでもその威力は凄まじく轟音と共に沼地の地形は変わっていった。

「クソガエルぅぅぅ!!　どこだぁぁぁぁ!?　早く出てこい!!　ブッ殺してやる!!」

怒り狂い奇声を発するイザーク。それをあざ笑うかのように、パケロはイザークの頭上に現れ、卍傘で頭を打ち下ろした。

――スパァァァァァーーン!!

イザークはそのまま勢いよく顔から泥地へと突っ込む。パケロは跳ねた泥をピョンピョンと上手に躱し距離を取ると、右手の人差し指と中指を立てて印を結んだ。

「ケロケロケケロケロ《天蛙忍術・水爆泡珠》」

倒れているイザークの周りに大きなシャボン玉が次々と出現する。それは一メートルほどはある巨大なシャボン玉。表面の油膜が七色に輝き、その中央部には魔力の渦が巻いている。

イザークはすぐさま起き上がるが、その巨大なシャボン玉に身体が触れてしまい、内包されている魔力が一気に爆ぜていく!! 次々と爆発するシャボン玉。轟音と爆風が辺りに広がり、最後は大きな爆発となって粉塵を上げる。

――ズダダダダァァァーーーン!!

シャボン玉が全て弾けると、大地は抉れ一〇メートルほどのクレーターの底に、イザークが大の字になって泥を被っていた。意識もないのかピクリともイザークは動かない。着ていた鎧は爆発で砕かれ、二本の剣も遠くへと飛ばされてしまった。イザークのダメージは深刻である。

……終わった。そう思ったパケロがその場を去ろうとすると、突如イザークの目が大きく見開いた。そして瞬時に起き上がり、拳に闘気を纏わせパケロへと襲いかかった。

息を殺し、気配を消してパケロの不意を衝《つ》く。もう格下とも思わない、慢心もしない。イザークはパケロから攻撃を受けたことにより冷静さを取り戻していた。

パケロも違和感を感じ取り、振り返るが時既に遅し。イザークは攻撃体勢に入っていた。咄嗟に防御を試みるも、双剣舞士《デュアルダンサー》特有の舞のような体術にパケロは翻弄《ほんろう》される。そしてイザークの闘気を纏った拳はついにパケロを捉えた。

……手応え有り!!　思わずイザークに笑みが浮かぶ。そして今までの鬱憤《うっぷん》を晴らすように、パケロに次々と拳を叩き込んでいった。嵐のようなイザークの連撃。さすがのパケロも体勢を崩されてしまうと、防御に専念するしかなかった。卍傘でイザークの攻撃を捌いていくが、その変則的な体術は徐々にパケロを追い詰めていく。

圧倒的なリーチの差。押し切れると思ったのかイザークの顔が狂気に歪む。勢いづいたイザークの攻撃はとどまることを知らず、蹴りで卍傘を弾き飛ばすとパケロに最大の隙ができた。

イザークの足刀がパケロのガラ空きの胴を捉えたのだ。そしてそのまま顎を蹴り上げ、上空へ舞い上がったパケロに追撃のサマーソルトを。最後に振り下ろし気味の蹴りを放つとパケロははるか後方へと吹き飛んでいった。

「ケっ……ケロ……!!」

パケロが咳《せ》き込み吐血する。

イザークは落ちていた二本の剣を拾い上げ、パケロにトドメを刺そうと距離を詰めた。もう油断はしない。今度こそ確実に殺す。イザークは必殺の斬撃を繰り出そうと闘気を練るが、パケロが印を結ぶ方が速かった。そしてそのまま印を結んだ指を真横へと薙ぎ払う。

……斬撃かっ!?　そう警戒してイザークはすぐさま防御体勢を取る。が、しかし、何も発生せずにパケロのそれは空振りに終わった。

再び騙されたと思いイザークの怒りのボルテージが瞬時に上がる。

「こっ……の……クソガエルがぁぁぁ!!」

そしてイザークが距離を詰めて剣を振りかぶった次の瞬間……。

――ゴキュっ!!

雷《いかづち》のような速さでパケロの卍傘がイザークの顎に直撃した。防御すらできない死角からの攻撃。しかも会心の威力だ。思わずイザークはたたらを踏み足を震わせた。

「ケロケロケケロケロ」《天蛙忍術流星雨》

パケロが再び印を結び指を真横に薙ぎ払うと、それに合わせて卍傘が流星のように階層内を飛び回り始めた。そして、何度も何度も容赦なくイザークに攻撃を浴びせかける。そして倒れることも許されずに棒立ちのままイザークはパケロの術を喰らい続けた。

もはやボロ雑巾状態のイザーク。卍傘がイザークの顔面を捉えようとしたその時、ポロっと自分でも予想だにしない言葉が漏れた。

「たっ、たしゅ……け……て……」

すると卍傘がイザークの目の前でピタっ……と止まる。イザークは「はぁー、はぁー」と荒い息遣いで全身に脂汗を浮かべていた。

卍傘がゆっくりとパケロの手元へと戻るとパケロが一言こう伝えた。

「……ケケロケロ」《次はない》

パケロはくるっと振り返りイザークに背を向け歩き出した。言葉は通じないかもしれないが、この行動だけでわかるだろうと思いパケロはその場から去っていった。

見逃された……？　イザークの頭の中にその言葉がよぎる。

自身が差別の対象にしていた相手からのまさかの情け。不意に出た言葉とはいぇ、これは許されることなのか？　もちろんイザークの出した答えはノーだ。許せない……いや、許さない!!　魔族如きが俺様を見下すんじゃねぇ!!　そんな言葉がイザークを支配する。

静かに剣を拾いパケロを睨む。今まで魔族相手に無敗を誇っていたイザーク。自身のプライドを守るために、これからも勇者の守護者であり続けるためにイザークはパケロに斬りかかった。

「……ケロケケロケロケロケロケロロ《救いようがないでござるな》」

パケロが卍傘からもの凄い速さで抜刀し、イザークの両腕を斬り飛ばした。

その抜刀術はまさに神速。そのあまりの切れ味に、イザークは斬られたことさえ気付かず、そのまま腕を振り下ろした。

「死ねぇぇぇーー!!」

当然の如く、その腕は見事に空を切る。そこでイザークは初めて自分の腕がないことに気が付いた。そしてその過ちにも……。

「おっ、俺の腕ぇぇぇーー!?」

「ケオケロ《一振七断》……」

パケロが再び納刀し構えを取ると、イザークの顔は恐怖に歪んだ。生まれて初めて感じる死の恐怖。それにイザークの心は耐えられなかった。

「ひっ……ひぃぃぃーーー!?　たっ……助けてぇぇぇーーー!!」

「ケオケロロケロ《七星閃光断》!!」

パケロが抜刀すると閃光が辺りを光で包み白い世界が広がっていった。そして世界が色づき始めると、その地面には扇状に大きく七つに裂けた跡が残った。

「ケロケロロロケロロロケロ。ケロケロケロケロケケロロ《その星の光が引導でござる迷わず地獄に堕ちるがいい》」

パチンっ……と卍傘へ納刀するとイザークの身体は綺麗に七つに分かれ地面へと倒れた。

「……ケロロロ《外道覆滅》!!」

パケロは一切振り返らずそのまま七階層を後にした。四階層で戦うゴブリダと合流するために。

――七階層　勝者　パケロ・シュレーゲル
そして戦いは八階層へと続く。

⌘

「ねぇ、あーちゃん？　この階層は空気が悪すぎます。早く出たいですー」

「マリ？　絶っ対、その結界を解くんじゃないわよ？　解いたらあっという間に瘴気中毒になっちゃうから。早いとこ出口探してここから脱出するわよ？」

この八階層に転移させられたのは、魔導少女《マジカルスター》の双子。歳はまだ十三歳と若いのだが、幾多の上級魔法を使いこなす天才魔導士の二人である。レグナード王国にある国立魔導学院を僅か一年で卒業するといった前代未聞の神童たちだ。二人とも身長は一四〇センチほどしかないが、自身の背丈よりも長い宝玉付きの杖を装備している。

アリエッタは、肩甲骨辺りまである紫髪をすっきりとアップでまとめ、特殊な魔糸で編み込んだローブと、その下には魔導学院のブレザー服《ミニスカ》を着用している。

マリエッタは逆に髪は下ろし、姉と同じローブを着用しているが、姉は羽織るだけに対し、マリエッタは前面にあるボタンをキッチリと掛けローブを着こなしていた。

「マリ、私の飛翔《フライ》で飛ぶわよ？」

「うん、あーちゃんよろしくー」

二人はそう言うと、それぞれの杖に横座りのような形になり空へと飛び立つ。アリエッタの飛翔《フライ》は杖に座らなくてもいいのだが、アリエッタ曰く座った方がエレガントということらしい。

「それにしても瘴気は別として、ここはとても綺麗な階層ね。あたし、こんなダンジョン見たの初めてかも」

「……あーちゃん、熱でもあるの？　あーちゃんがそんなロマンチックになるなんて不吉の前触れです」

「なっ……、失礼ね!!　私だって花の一つくらい愛《め》でるわよ!!」

アリエッタが顔を真っ赤にして怒っていると、ダンジョン内にどこからともなく声が響く。

「おーーほっほっほっほ！　あらあら、本当の花の良さもわからない小娘が何について語ってるのかしら？　まずはその絶壁のような胸を膨らませてからものを言いなさい」

「やめなさいマリア。そんなに煽ると後で厄介よ？」

二人は星空を見上げると、大きな満月をバックに現れたのは金髪と赤髪の魔族が二人。まず、どうしても目が行くのは、自分たちにはないその大きな胸の膨らみだった。いや、膨らみというかもはや突起である。自身のものが平地ならば、目の前にいる魔族のは巨大な山脈。思わずマリエッタは、自身の胸をペタペタと触り溜息をついた。

「ちょっ……ちょっとマリ⁉　なんで溜息なんかつくのよ！　あたしたちはまだ成長期なんだから
いずれ大きくなるわよ！　てゆーか、おばさんたち‼　あたしたちに喧嘩売るなんて覚悟できてる
んでしょうね？」

「でしょうねー」

「『お・ば・さ・ん？』」

アリエッタの一言により、リリーナとマリアの魔力が爆破的に増大した。

そして手を掲げ魔法を発動させる。

「あっ……あなたたち⁉　言っていいことと悪いことがあるわよ‼　一度、痛い目に遭いなさい
……氷嵐連槍《アイシクルランサー》‼」

「おっ……お仕置きが必要ですわね。……爆炎連槍《フレアルランサー》‼」

リリーナとマリアが放った、氷と炎の数百の槍が魔導少女《マジカルスター》を襲う。

「ふんっ！　やるじゃないの。おばさん！　……爆風障壁《ゲイルウイング》‼」

「あーちゃん、危ないです。……魔鋼壁《ガンズウォール》」

アリエッタが真空の魔法障壁で炎と氷の槍の威力を弱め、マリエッタの黒い鋼の壁で二人の魔法
を防御する。

――ズドォォォォーーン
黒い鋼の壁がパキパキと音を立てて崩れ落ちていった。

「マリア、あの子たち思った以上にやるわね」

「リリーナさん？　褒めすぎよ。まだ挨拶しただけですわ！　来ますわよ？」

アリエッタが二人の魔法を防ぐのと同時に詠唱破棄で魔法を発動させていた。

「痺れちゃえ！　豪雷爆撃破《ヴォルテックウェーブ》!!」

「「……!?」」

――ピッシャァァァーーン！！！

耳をつんざくような雷鳴が階層内に響き渡った。アリエッタが放ったのは広範囲殲滅魔法の一つ。詠唱破棄とはいえその威力はDランクの魔物であれば一瞬にして消し炭になる。そして……。

「いでよ……、黒鉄乙女戦士巨神《ジ・アイアン・メイデン》」

アリエッタの詠唱破棄の雷陣魔法の隙に、マリエッタはきちんと詠唱を行い、最上位土岩鋼魔法の一つ【黒鉄乙女戦士巨神】を発動させた。

全長三〇メートルもある巨人。それが八階層に突如現れたのだ。魔導少女《マジカルスター》の二人が巨人の頭へと降り立ち、雷撃によって舞い上がった白煙を睨む。

「いたたた……、まだピリピリする。……って、何あれー!?」

「おのれぇ、小娘!!　わたくしの毛先が少し焦げたではありませんの!!　って、なんですの!?」

巨人は二本の片刃の剣を持ち、それを振り上げリリーナとマリアへと斬りかかる。

剣を振るたび、ブォォン……という、恐ろしく低い風切り音が鳴り響いた。

「キャハハ!!　いい気味ね！　マリエッタ、もっとやっちゃいなさい！」

「あーちゃん、いえっさーですぅー」

巨人が剣を振ると、足下にある邪紫梅の木はバキバキと倒れ地形が変わっていく。

リリーナとマリアは巨人の攻撃を避け、巨人に攻撃を与えようとするが、リリーナの魔爪《まそう》は鋼鉄の鎧に弾かれ、マリアの爆炎魔法はその巨大な剣でかき消された。

「ほんと硬いわね」

「リリーナさん、こちらも全力でやらないとまずいですわよ？」

二人が魔力を集中し、巨人に攻撃をしようとした刹那、魔導少女にその瞬間を狙われた。

「ねぇ、おばさん？　隙ありよ!!　……雷神爆撃槌《トール・ハンマー》!!」

「そのまま圧死して？　……降魔隕石呪《ジオ・ブロス・メテオ》」

リリーナとマリアの正面に巨大な雷撃の塊が迫り、その頭上からは赤黒く熱された巨大な岩の塊が二人を潰そうと落ちてくる。

「はぁ……ほんと派手ねぇ。仕方ない娘たち。来なさい……黒薔薇《ノヴァ・ゼノビア》!!」

マリアの周囲に立体魔法陣が出現し、そこから黒炎で形成された荊の蔓が、アリエッタの放った雷撃に向かって伸びていく。すると黒炎の蔓が雷撃を受け止め、根をはるように雷撃を包み込んでいった。そして、次の瞬間……。

「吸いなさい、黒薔薇」

「なっ!?」

放たれた雷撃を養分にして、黒炎の蔓がグングンと巨大化していく。まるで信じられないものを見るように、アリエッタとマリエッタは目を大きく見開き驚いていた。

「リリーナさん、準備は整いましてよ？」

「じゃあ、上の邪魔な岩を斬るわね？　……月の光よ、我に力を……月華美刃《ムーンエピフィルム》!!」

リリーナの両手の魔爪が、白く輝き始めると美しい長剣を形成していく。そしてヒュン……と、一振りすると剣身から白い魔力の花弁が宙を舞った。

「一撃で仕留めてあげるわ!!」

リリーナが両手を合わせると、その長剣は一本の白亜の大剣へと変貌した。それを大きく振りかぶり、リリーナは空を駆け上がる
「はぁぁぁ……月華一閃《げっかいっせん》！　斬月崩天華《ざんげつほうてんか》!!」

白亜の大剣から放たれる、一筋の巨大な斬撃。濃縮された魔力を纏っているためか、残滓《ざんし》が花びらのようにその斬撃の軌跡をなぞる。リリーナの巨大な斬撃が隕石に直撃すると、中心から真っ二つとなり隕石は粉々に砕け散った。

「リリーナさん、ナイスですわ！　その岩も頂きますわよ。吸いなさい、黒薔薇《ノヴァ・ゼノビア》」

降りそそぐ隕石の欠片を、黒炎の蔓が触手のように包むと、そのまま全て呑み込んでいった。魔力を吸収し、まるで大木のように太くなった黒炎の蔓。それがウネウネと不気味にマリアの周辺を蠢《うごめ》いていた。

「おーほっほっほっほ！　小娘ども覚悟しなさい！　貴女方の魔法なんてわたくしたちに掛かればこんなものですわ！　さぁ、お仕置きの時間ですわよ」

「うぅー……、まさか防がれるなんて。……マリ!!　あのおばさんたち、ぶっ飛ばして!!」

「あーちゃん、任せて。行け、メイデンちゃん」

マリエッタの一言で、巨人が巨大な剣を振りかぶる。

「させませんわ！」

瞬時に黒炎の蔓が巨人に巻きつき、その動きを封じた。巨人が振りほどこうと抵抗するたびに、

油の切れた歯車のような、ギギギッ……と金属が軋む音が辺りに鳴り響く。

「……えっ!?　嘘っ!?」

「メイデンちゃん、頑張るのですぅ!!」

魔導少女《マジカルスター》の二人は、残りの魔力を巨人へと送り込む。しかし、それでも黒炎の蔓は振りほどけなかった。

「あなたたち、そんなことしても無駄よ？　あと、悪いことは言わないから全力で防御障壁を張りなさい。マリアのとっておきはキツイわよ？」

リリーナが諭すように二人に警告をする。

「おーほっほっほっほ！　小娘ども、わたくしたちをおばさん呼ばわりした罪は重いわよ？　では、そろそろ幕引きとしましょうか？　狂い咲け……黒薔薇!!」

マリアの一言で、巨人の全身を取り巻く蔓から無数の黒炎の薔薇が開花した。そして、マリアが一言こう呟く。

「……煉薔薇百花繚乱《ミリオンローズフレア》!!」


――ズダダダダダダダダダァァァァーーーン!!


見事に咲いた数多の黒薔薇が次々と爆裂していく。あたかも開花の流れを見るように、大輪の花を咲かせては散っていくさまは絢爛華麗。あっという間に巨人を消し炭と化した。

魔導少女の二人も全力で防御障壁を展開したが、それも空しく黒炎は防御障壁を貫通し、二人を邪紫梅林へと吹き飛ばす。

「まっ……マリ？　大丈夫!?　……痛っ!!」

「あっ……あーちゃん、なんとか……生きてる……ですぅ……うっ」

思った以上に身体へのダメージが大きく、二人が張っていた瘴気保護結界も弱まってしまった。

そのため瘴気によるダメージも発生し、二人の身体を徐々に侵食していく。

「こんなおばさんたちにしてやられるなんて……」

「……あーちゃん悔しいですぅー」

二人がなんとか立ち上がると、その正面にリリーナとマリアが上空より降り立つ。

「あなたたち？　おとなしく捕まるなら命までは取らないわ。もう諦めて投降しなさい？」

「おーほっほっほ！　無様ね！　いい？　これに懲《こ》りたら口の利き方には注意しなさいよ？」

するとと次第にアリエッタとマリエッタの目尻に大粒の涙が浮かび上がり、二人がワナワナと震え出した。

「「ふっ、ふっ……、ふぇぇーん!!　あんた《あなた》たちのこと、カノープス様に言いつけてやるーー!!」」

アリエッタが飛翔《フライ》の魔法を使い、マリエッタと一緒にちょうど目の前にあった階段へと飛び込んでいく。それは奇《く》しくもカノープスが転移した九階層へと続く下り階段であった。

「リリーナさん、まずいですわよ!?　あの娘たち下層へ行くつもりですわ！」

「ちょ……ちょっと、あなたたち待ちなさい!?　そっちは駄目よっ！」

そして、リリーナとマリアも魔導少女たちの後を追い、慌てて九階層へと向かうのだった。

——八階層の戦い　アリエッタ、マリエッタの両名、敵前逃亡につき敗北。勝者、リリーナ、マリアンヌ。

そして戦いは九階層へと行きつく。

⌘

「あ・の・牛・ど・もぉぉぉぉ!!」

「カノープス様っ！　お怪我はございませんか!?」

この九階層【辺獄】へと、転移されたのは勇者カノープスと、その副官でもあるという魔導女帝《ハイペリオンメイジ》のカタリナだ。そんなカタリナの心配もよそにカノープスは怒りに吠えた。

「くそぉぉぉ!!　カタリナぁ、何をしているっ!?　早くさっきの階層へと戻るぞ!!　さっさと空間転移を準備しろっ!!」

「かっ……カノープス様。階層移動の空間転移は使えません。転移トラップで飛ばされてしまったため、このダンジョンの座標が把握できないのです」

「できないだとっ!?　……どいつもこいつも。俺にストレスを与えることしかできないのかー!!」

「……きゃあ!?」

苛立ちからか、カノープスは身体から闘気を放出し、その圧力でカタリナは吹き飛ばされてしまった。聖なる闘気が光の柱となって、赤黒い空へと立ち昇る。

そんな勇者が怒り狂う中、すぐ近くにある岩場の裏で冷や汗を垂らしながらその様子を窺っている者が二人。そう俺たち、ヨルシアとミッチーだ。

《小声にてお送り致します》

「おいおい、ミッチーさんよ？　なんで勇者のヤツあんなに怒り狂ってんだ？　おかしいだろっ⁉

マジで勘弁してほしいんだけど……」

「知りませんよぉぉ‼　あんな怒り方するなんて尋常じゃないですって⁉　これだと、オレたちが考えた『勇者が本気を出す前に倒しちゃおうゼ☆』作戦が使えないっすよ？」

「まいったな……。なぁ、ミッチーさんや？　俺、あんなのとやり合いたくねーんだけどどうするよ？　もういっそのこと出直すか？」

「そうっすね‼　あんな触れる者、皆傷つけるような奴と戦うなんて嫌っすからね。ヨルシアさん、帰りましょう！」

ミッチーが振り返ると、偶然にも足元に落ちていた小枝を勢いよく踏み折る。

――パキッ……‼

ちょっと、ミッチィィー⁉　何してんの⁉　ベタすぎて笑えないんだけどぉーー⁉

するとカタリナが、瞬時にその物音に反応して詠唱破棄で魔法を放った。

「……そこっ、【聖光《レイ》】‼」

カタリナから放たれる光のレーザーが、俺たちが隠れる岩場を直撃し爆発する。煙が辺りを覆い瓦礫が崩れ落ちた。

「うぉっ⁉」

「ヨルシアさん‼　ちょっと押さないで⁉　あっ……」

突然放たれた攻撃魔法に、俺は思わず体勢を崩してしまいミッチーを岩場から押し出してしまった。四つん這いになり突如現れたミッチーと勇者たちの目が合う。

「あなたは……。なぜこんなところに……」

「これはこれは領主サマ。なるほど、そういうことか……。貴様も黒幕の一人というわけか。くっくっくっ……あーはっはっはっ!!　これは面白い。おい、いるんだろ？　出てこいよクソ悪魔!!」

なっ……何か自己解決されてる……。しかも、俺がいることバレてるだと!?　猫の鳴き声でなんとか……ならねーよなぁ。クソっ、もう行くしかない。

俺は岩陰からスッ……と出ると、勇者たちと相対した。

あー、もう勇者マジ強そうじゃん。なんか身体光ってるんですけどー。勇者って自然発光する生き物なの？　つか、何あの剣？　自己主張しすぎじゃね？　刀身がシースルーなんて聞いたことねえよ。なんのクールビズだよ？　ツッコミどころ満載すぎんだろ。

「さて、領主サマ。いつからその悪魔と手を組んでいた？　まさかハズレ勇者の貴様ごときが国に弓を引くとはな」

「ふっ……ふん!!　いつまでも、あん時のオレだと思うなよ!?　お前やそっちの側近のババアなんてけちょんけちょんにしてやっからな!　ぶっ飛ばしてやる!!」

おぉ!!　ミッチー、言うじゃねぇか!　でもな、下半身がそんな生まれたての子鹿のように震えてちゃあ説得力ないぜ？

「ミチオ様、いや……大罪人ミチオ・タナカ!!　国家反逆罪を犯し、あまつさえカノープス様への暴言。それに私のことをバッ……ババアですって!?　こっ、このレグナード王国最強の魔導士であるカタリナ・シーウェルに向かってよくもそんなことを!!　恥を知りなさい、恥をっ!!」

カタリナが右手に魔力を集め魔法を撃とうと構えるが、カノープスからの待ったが入る。

「カタリナ、まだ待て」

「……かしこまりました」

そのままカタリナはカノープスの後ろへと下がった。

あら、聞き分けのいい部下ですこと。お前たちもさすがは俺様ヤロー。

「おい、殺す前に聞いておいてやろう。お前たちの目的はなんだ？　なぜ、手を組んだ？」

目的？　この勇者は何を言ってるのだろう？　目的なんてなんもないし。俺はただヒッソリとダンジョンで暮らしたいだけなんだけど。正直に話したら帰ってくれたりするのだろうか？　もしかして無害アピールでもしたら帰ってくれるパターンか？　よし、アピってみるか！

「目的なんてねぇーよ。俺はここで安全かつ平和に暮らしたいだけの善良な悪魔だ。ミッチーには、それを手伝ってもらっているだけで、別に『国を滅ぼそう』とか、『人類は全て敵だ』とか、そんな危険な思想なんて持ってねーよ。お互いにメリットがあるんだし、このままそっとしておいてくんねーかな？」

どうやら俺の言葉が気に入らなかったらしく、勇者の顔がみるみる険しくなっていく。

ふぅー……。まさかの地雷かぁ……無害アピールしたのになー。つか、こいつも導火線の短いタイプだったのね。それにきっと勇者には『敵を倒しますか』という選択肢の中に『いいえ』がないように思える。きっと『はい』オンリーの究極のイエスマン。お前、超面倒くせーな!?

「ふざけるなっ!!　善良な悪魔だとっ？　どの口がものを言っているのだ。安全だ？　平和だ？

貴様らの存在こそが悪なのだっ!!　悪魔に手を貸した大罪人ミチオよ。もう語るまい。貴様もその命を以て罪を償うといい!!　カタリナ行くぞっ!!」

「はいっ!!」

　こうしてダンジョン九階層【辺獄】にて、俺と勇者の戦いが開始された。

⌘

《四階層》

『ゴブリダさん、狂戦士隊が押されています。どうやら相手隊長格との戦闘のようです。救援に向かえますか？』

「シャーリー殿か!?　……マップを確認した。すぐに向かおう。ゴブスロ、ついて参れ!!」

「はっ!!」

　騎士団との戦闘が始まり、四階層のあちこちで乱戦が繰り広げられていた。どこもかしこも響き渡るのは悲鳴に怒号、そして激しい剣戟《けんげき》の音。まさに激戦だった。

　正面から迫りくる騎士たち。ゴブリダは魔剣を振るい通路いっぱいに炎の斬撃を放つ。剣から放たれた炎が、騎士たちに直撃するが相手はそれでも怯まない。それは勇猛や不屈といったものではなく、自分たちの身を顧《かえり》みない狂気に近かった。肉を切らせて骨を断つ……。相手は急所の守りを固めているために殺しきれない。傷つきながらも反撃をしてくる。

　それでもゴブリダは燃え上がる魔剣を構え通路を突き進む。最小限の動きで騎士たちの足を狙い、戦闘力を奪っていった。相手を殺すことよりも無力化させることを優先している動きだ。殺さなくても一時的に行動不能にしてしまえばそれでいい。今はできる限り敵戦力を削ぐ。

通路を進むと、息絶えたゴブリンや騎士の亡骸《なきがら》が数多く横たわっていた。騎士一人に対し、ゴブリン五体。地の利があるとはいえ、想像以上の被害が出ている。徐々にジリ貧に追い込まれつつある戦況にゴブリダは焦っていた。

『ゴブリダさん、この先の部屋に隊長格がいます。……ご武運を』

「シャーリー殿、了解した。なんとしても早々に頭は仕留める！」

ゴブリダが部屋へ入ると、ゴジャギとバーサーカーたちが血だらけで倒れていた。そして、その先には剣を構えたポールとコーニールが。ゴジャギたちは、辛《かろ》うじて息も絶え絶えに生きていた。

「ほう、これはまた強そうなのが出てきたな。……んっ、炎の剣？　ポール殿、きっとあやつが例の魔剣持ちかと」

「ではコーニール殿、魔剣は先にあのゴブリンを倒した方の物ということでよろしいですかな？」

「いいですとも！」

ゴブリダは人族という種族が嫌いだ。自分勝手で強欲。それでいて残酷でもある。悪いところを挙げたらキリがない。今も部下を殺されかけ、あろうことか主より与えられた魔剣まで狙ってくる始末。このまま憎しみに任せて剣を振るってもいい。怒りに狂い人族たちを残酷に皆殺しにしてもいい。それをやる理由がゴブリダにはあるのだから。しかし、彼はそれをやらない……。

なぜなら彼には心があるからだ。だからこそ彼は強い。何が大切かを知っているから。皆を守り、ダンジョンを守り、全てを守りたい。敬愛する主から下賜《かし》されたこの素晴らしき力《剣》で。

「……鬼怒気《メギド》!!」

ゴブリダが、そう口にすると身体の周りに赤い闘気が出現する。それは徐々に大きくなり憤怒の顔をした鬼の顔を形成した。

「「なっ……!?」」

——ゴブリダの一閃。

突撃《チャージ》してきたポールとコーニールを壁際まで吹き飛ばした。二人は間一髪、丸盾で防御はしたが、斬撃の跡に沿って盾はひしゃげた。

「ゴブスロ、ささっと片付けて他の救援へと行くぞ!!」

「はっ！　地獄の底までお供致します!!」

「おっ……オデも、ルッ……ルルたんのために頑張る!!」

血だらけのゴジャギも起き上がり、マッスルポーズを決める。大声で「痛きもちぃー」を連呼していたが、いかんせんツッコミがいない。そうツッコミがいないのだ……。

こうして四階層も混沌《カオス》となり、ダンジョン防衛戦はいよいよ最終局面を迎えた。

⌘

《九階層》
「……流星光爆陣《スターダストレイン》!!」
カタリナが魔法を唱えると、空を埋め尽くすほどの光の球が出現し、俺たち目掛けて次々と降り注いできた。辺りに爆撃音が響き渡り、粉塵が次々と舞い上がる。一発の破壊力が半端ないほど高く、辺獄の大地にポッカリとクレーターが出来上がるほどだ。俺とミッチーは死にものぐるいでそれを避けていた。

「みみみみ、ミッチぃー!? これマジヤバいんだけどぉぉ!! ちょっ、なんか撃ち返して!!」

「おっ……オレっすか!? こんな状況じゃあ無理っすよぉぉー!!」

「ミッチーならできる!! というか、頼むから頑張ってくれ!! なんか魔法を反射させたりできねーの!?」

「……あっ! ヨルシアさん、反射はできないけど、この魔法使えそうっす。……いきます!!

……来い魔重力深淵門《アビス・ゲート》!!」

ミッチーが手をかざすと、突如として空間が裂けて巨大な黒い渦が出現した。

そのドス黒い渦は、勢い良く光の球を呑み込んでいく。崩れた瓦礫も折れた木も周辺にある物を何もかも吸い込んでいった。

おぉ……すげぇ、吸引力。思わずあの家電の謳《うた》い文句が脳裏をよぎった。そしてよく見ると、あのクソ勇者とオバハン魔導士もジリジリと黒い渦へと引き込まれている。苦し紛れに二人が斬撃や魔法を放つが、全てあの黒い渦に吸い込まれていった。

あれ? もしかしてこれ、意外といける? さすがはミッチー!! そのままあいつら二人も吸い込んでしまえ!!

「ふんっ……魔力だけはたいしたものだな。以前とは雲泥《うんでい》の差だ。だがな、残念ながら貴様には足りないものがある」

「おん？　どうした勇者様？　負け惜しみか？　もうお前らはこのブラックホールに吸い込まれて終了なんだよっ!!　そんな減らず口はこの魔法を破ってから言うんだな!!　はっはー!!」

おぉ……。ミッチーが優位に立った途端に態度が豹変した。めっちゃノリノリじゃん？　しかし、ミッチー。それはマズいぞ？　なんだろうこのザコキャラ感？　強いくせにやられるような気がしてならない……。

「そうか。では、言葉通り破らせてもらうとしよう。……聖剣技、降竜双牙斬っ!!」

勇者が聖剣を振りかぶると、剣に大量の闘気が集まっていく。すると、次の瞬間……。

「……転移っ!!」

おばはん魔導士がまさかの空間魔法を唱え、勇者をミッチーの背後へと転移させた。あまりに一瞬のことすぎて俺もミッチーも動けなかった。

「……俺と貴様の違いは圧倒的戦闘経験の差だっ!!」

そう言って勇者はミッチーに聖剣を振り下ろした。幾多の光の斬撃がミッチーを襲う。

――ズドォォォォォォォォーーン!!!

ミッチーは聖剣の直撃を喰らい、もはや判別不能な肉塊と化していた。

「ミッチィぃぃぃーー!!」

「人の心配か？　随分と余裕だな？　次は貴様だ、クソ悪魔」

そして、勇者が振り向きざまに俺へと一閃。

「……マジかよっ!? 速すぎんだろっ!!」

俺目掛けて聖剣が振り下ろされるが、暗黒剣を両手に形成しそれを受け止める。斬撃の圧力で足下の地面がボコッと凹んでしまった。なんつー力……重《おめ》ぇよ!!

「ほう? やるな。だが無意味だな」

勇者が聖剣にググッと力を込めると、交差して受け止めている二本の暗黒剣ごと俺を叩っ斬った。肩口から一直線に血が噴き出す。

喰らった!? ヤバイ…距離を置かないとやられる!!

俺にトドメを刺そうと勇者が聖剣を横に薙ぐ。咄嗟《とっさ》にダンジョン転移を使い、肉塊となったミッチーのもとへと転移した。勇者がそのまま聖剣を振り切ると、辺獄の大地は半月の弧を描き大きく抉れた。

おいおい、一撃の破壊力がおかしいだろ……。俺の暗黒剣ごと叩き斬るなんてそんなのありか？パッと斬られた箇所を見るとまぁまぁ傷が深い。そのため俺の自己再生が追いついてなかった。ミッチーの方を見ると、それがなんだったのか原型をとどめていないほどの肉塊と化していた。

俺が慌てて駆け寄ると、その肉塊からポツリと一言漏れる。

「………不《ノス》……死《フェ》の《ラ》……理《トゥ》」

すると漆黒の闇がミッチーを包み込んだ。闇が徐々に人型を形成していく。そしてその闇が晴れていくと、そこにはいつものミッチーがガグブル状態で立っていた。

「「……!?」」

「ヨルシアさん!? オレ、オレ、いいいい……今死んでましたよね、死んでましたよね!? あのクソ勇者マジやべぇぇぇー!?　オレ無理っす!!　あんなのに勝てるはずがないっ!!」

「みっ……ミッチー？　落ち着け、まずは深呼吸だ！　パニックになるのが一番ヤバい。よし、こうしよう。俺が勇者の相手するからミッチーはあのおばはん魔導士の相手を頼む!!　あっちなら勇者ほど怖くないだろ？　ミッチーは強い子だからできるよな？　なっ？」

「はっ……はいっ!!」

俺がミッチーの肩をガクガクと揺すり正気に戻す。かなりテンパっていたようだ。それもそのはず。ミッチーは魔族へと転生し、超強い魔力を持つが、その戦闘経験は少なく自分の力を使いこなせていない。それにしてもミッチーの強力な防御障壁をブチ抜いて一撃で葬り去ろうとするとは……。勇者強すぎだろ!?

「まさか、領主サマが人間を辞めて不死者《リッチ》になっていようとはな。これでお前を斬る、ちゃんとした大義名分ができた。感謝しよう」

「しかし、カノープス様。あの再生力……ただの不死者ではございません。おそらく上位種かと。お気を付けくださいませ」

はぁ……。しかし、この魔導士も厄介だ。術の威力がハンパない。さすがはオリハルコン級。

ミッチーすまん。俺が勇者を受け持つから、あのおばはん任せた!!

俺はグッと力を入れて魔力を解放させる。そして一対の黒翼が顕現すると勇者が……。

「ほう？　堕天使の翼が出せるのか。なるほど。シリウスがやられたのも頷ける。だが、たったの二翼。防御しか取り柄のない翼など俺の前では意味がないぞ!!」

そう言うと、勇者が恐ろしい速さで俺に斬りかかってきた。再び暗黒剣を両手に形成し、剣戟を打ち返していくが、一撃ごとに手に痺れが残る。勇者の一撃は凄まじく重い。

あぁー、強ぇーー……マジで面倒くせぇわ。とにかく、まずはこいつの動きを封じないと。

喰らえクソ勇者。……遅延の魔眼《ロキ・スロウス》!!

いきなりガクンっとスピードの落ちる勇者。俺は聖剣の乱舞をかい潜り、勇者に十文字斬りを叩き込んだ。

悪いな。不意打ちさせてもらった。しかしこうでもしないとダメージ入らんからさ。

渾身の十文字斬り。その身に着けていた鎧も、斬撃に沿って砕け、空中に鮮血が舞い散る。

イケるか⁉　そう思った次の瞬間……。

「小賢《こざか》しい真似をぉぉーー!!　【全耐性の竜鎧《バハムートティア》】!!」

勇者の身体を竜の闘気が包み込み、突如その制限したスピードが元に戻った。咄嗟の出来事に対応できず、俺は勇者のカウンターを喰らってしまう。

「……竜哮砲《ドラグブレイバー》!!」

——あっ……やっべ……。

勇者の左手から放たれる、詠唱破棄の竜言語魔法が俺の右肩に直撃する。黒翼でレジストを試みるが、それも空しく右肩は円を描くように撃ち抜かれ、俺の身体は数キロ先まで吹き飛ばされてしまった。

⌘

そしてほどなくして辺獄の大地に大きな地響きと共に大きなキノコ雲が舞い上がった。

「ヨルシアさんっ⁉」

「あなたも自分の心配をしなさい？　……天輪極星咆《スターバーストロア》‼」

接射で撃ち出した、カタリナの極光魔法。聖なる魔力で形成された巨大な光球はミチオを大の字にして吹き飛ばした。その威力は凄まじく、ヨルシアの吹き飛ばされた反対側にもキノコ雲が浮かぶほどだった。

「カタリナ、トドメを刺しに行くぞ？　必ず息の根を止めろ」

「はっ‼　カノープス様もご武運を」

カノープスはカタリナにそう告げると、ヨルシアが吹き飛ばされた方角へスタスタと歩いていってしまった。そしてカタリナは……。

「……転移‼」

ミチオが吹き飛ばされた上空へと転移し、再び極光魔法を唱える。

「聖なる天の裁きを受けよ‼　天光流星乱舞《ガトリングミーティア》‼」

夥しいほどの光の弾丸がボロボロのミチオを襲う。舞い上がる粉塵がさらに増え、その威力に再び辺獄の大地が揺れる。

「さよなら……魔に取り憑かれし哀れな異世界人よ。成仏しなさい。……天帝浄化陣《ウルティマ》‼」

カタリナの身体が聖なる魔力によって光り輝く。発動するのは対アンデット用の強制退魔魔法。聖なる光に導かれ魂ごと消滅させるアンデッド特効の一撃である。

空には白く輝く巨大な立体魔法陣が出現した。それはまるで天へと続く入口のようである。

そして魔法陣が一際輝くと、粉塵が舞い上がる中心部に向かって、いくつもの後光が差し込み始めた。それは非常に暖かな光で、まるで絵画に描かれた幻想的な情景だった。

「…………終わりね」

カタリナがそう呟くと、中心部から虹色の魂のようなものがいくつも天へと向かい昇っていった。キラキラと光の尾を引きながら、それは空に描かれた魔法陣へと向かう。

それを見届けようとカタリナは空中に浮遊し続けるが、いつまで経っても魂の浄化は終わらなかった。単純に相手の魔力量が多いだけと思っていたが、いくらなんでも昇る魂の量が多すぎる。

ふと違和感を感じて上空を見ると、出現した退魔の魔法陣に異変が起きていた。天へと昇る魂だと思っていたものに白い魔法陣を、禍々しく真紅に輝く魔法陣へと書き換えられていたのだ。

「……なっ⁉」

自分の使用した魔法陣を書き直される。未だかつてない状況にカタリナは驚きを隠せなかった。

魔法陣とはコンピュータープログラムのようなもの。プログラムの入口さえわかればハッキングによって理論的には書き換えが可能なのだ。

ただこの世界の人間は魔法陣のハッキングができることなど想像すらしていなかった。だからこの魔法陣のハッキングは異世界人、田中美智雄ならではの技である。

その膨大なる魔力と、億千万死の魔王より受け継いだ知識を駆使して行った会心のハッキング。

するとカタリナは粉塵が舞う中心部から恐ろしいほどの魔力の波動を感じた。心の底から凍りつくような魔力の波動。あまりの禍々しさにカタリナに戦慄が走る。

かつて、勇者と一緒に対峙した名だたる強き魔王たち。その魔王たちが纏っていた闘気のような波動。心弱き者が、その波動を感じるだけで意識を刈り取るられという【魔王覇気】。それが、あの異世界人から感じられるのだ。

　ありえない。あのハズレ勇者が魔王に覚醒したとでもいうのだろうか？　目の前で起きている現実にカタリナは絶句するほかなかった。

「……いい加減にしろよ？　本気で殺しに来やがって。王国もお前らも絶対許さねぇからなぁ!!」

　抉れた大地の底に、血だらけで叫ぶミチオから赤い魔力が立ち昇った。そしてその手を天へと掲げ呪文を唱える。

「一切衆生《いっさいしゅじょう》……、全てを喰らえ……、死鬼神怨霊封獄飢餓呪《ヴァイザード・アグニナータ》!!」

　ミチオが使用したのは最上級死霊魔法《ネクロマンシー》。上空に展開された赤い魔法陣から、地獄の餓鬼魂《ガキダマ》を召喚した。直径一〇〇メートルを優に超える餓鬼魂からは、黒く禍々しい触手が何本も伸び、その先端は獲物を捕食できるよう大きな口となっていた。

　全てを食すといわれる地獄の餓鬼魂。それが今まさにカタリナに襲いかかろうとしていた。

「自分勝手な正義にオレは殺されたくないんでね。悪いが反撃させてもらう」

　告死の不死王《レヴェナント・リッチ》ミチオの逆襲が始まった。

　上空を埋め尽くす醜悪で巨大な触手。それが獲物を求めクネクネと蠢く様相はまさに地獄絵図。

　それを見たカタリナは戦慄し、未だかつて味わったことのない恐怖を感じた。

「なんて邪悪なものを喚《よ》び出したのよ……。天よ、我に闇を祓う精霊を貸し与えたまえ……八光戦乙女騎士《ヴァルキュリア》!!」

カタリナの周りに八体の光の精霊が召喚される。神々しくも勇ましい戦乙女の精霊たちである。そしてランス片手に黒く醜悪な触手へと次々に突撃していく。

音速を超えるスピードで触手へ突撃する八光戦乙女騎士たち。

しかし、それすら遅いと言わんばかりにバクンっと喰いつく黒き触手たち。僅か一秒にも満たぬ時間で、八体の八光戦乙女騎士は全て触手に食べられ消滅してしまった。

「嘘っ……」

Cランクの魔物ですら討伐可能な光の精霊。それが、ほんの瞬きほどの間で全滅してしまったのだ。あまりの衝撃にカタリナには目の前で起きた出来事が信じられなかった。

すると触手がカタリナの巨大な魔力に反応する。高純度の魔力を持つ生命体。魔力をエサとする餓鬼魂にとって、それはもはや豪華な食事でしかない。触手の口からは大量の涎《よだれ》が溢れ出し、次々とカタリナを襲い始める。

カタリナは空間転移や超高速飛行を駆使してなんとか躲し続けるが、あまりの攻撃密度に反撃ができなかった。

辺獄の硬い岩肌さえ触手がぶつかると、まるでそこだけ綺麗な円を描いたように消失する。魔素を吸収する辺獄の大地でさえも、この餓鬼魂にとっては餌なのだ。

そんな凶悪な厄災ともいえる巨大な触手を、暴走もさせず意のままに操るミチオにカタリナは恐怖した。自分の理解の範疇《はんちゅう》を超える魔法。魔導士にとって、これほど恐ろしいものはない。それでも負けるわけにはいかないカタリナ。詠唱破棄で【瞬炎《フラッシュファイア》】を放つ。すると一瞬にして聖なる炎が餓鬼魂を包んだ。

しかし、この辺獄の土地とは相性が悪く、聖なる炎は触手の表皮を少し灼《や》く程度の威力しかなかった。だが、触手はその燃え上がる炎に気を取られカタリナへの追撃をやめた。

そしてキッ……と醜悪な触手を睨み、カタリナは自身が放てる最大最強の極光魔法の呪文詠唱を始めた。

「聖なる光の神々よ、闇を討ち祓う奇跡の御業《みわざ》を我に与えたまえ、悪しき者に神の裁きを……天輪極星咆《スターバーストロア》!!」

先ほどミチオに放った詠唱破棄のものではなく、詠唱し完全なる状態の極光魔法。空に浮かぶ餓鬼魂と同等の大きさの光球が触手へと放たれた。

恐ろしいほどの熱量を持つ光球。その周辺の空気は熱で歪み、邪悪な者が触れればたちまち消滅するような聖なる光の一撃。

それを触手たちは嬉々として受け止め捕食し始めた。恐ろしいほどの魔力の塊である光球を、その身が灼け爛《ただ》れながらも食べ進める触手たち。肌が灼ける聞くに堪えない音と、異臭が辺りを漂いカタリナは顔を顰めた。

全てを破壊するカタリナ最強の極光魔法。それがあろうことか、受け止められエサとして貪り食われているのだ。

「ありえない……。魔法エネルギーを食べる生物がいるなんて」

その超常なる光景に、カタリナは驚愕するしかなかった。そして餓鬼魂が光球を食べ尽くすと、その身は塵と化し召喚陣が砕け散っていく。そして満足そうに餓鬼魂は消えていった。

空からはパラパラと光る魔素の雨が辺獄の大地へと降り注いだ。

「あーぁ……相殺《そうさい》かよ。せっかく喚び出したのに残念」

ポツリと聞こえる一言。

カタリナが振り返ると、いつの間にかミチオが自身の背後に転移していた。慌てて距離を取ろうとすると、それを逃すまいとミチオが話しかけてくる。

「なぁ、カタリナさん。あんたガス欠だろ？」

「………!?」

カタリナの驚いた表情でカマをかけたミチオは確信する。

この【辺獄】の地は、魔力燃費が通常の五倍ほどとなる。単純にMP消費が〝2〟の魔法なら、MPを〝10〟も消費してしまう。考えもなしに強力な魔法を連発しようものなら、あっという間に魔力は枯渇《こかつ》する。それがこの【辺獄】の特性なのだ。

「カタリナさん、顔に出てるぜ？」

「うっ……うるさい!!　【聖光《レイ》】!!」

ミチオはそれを避けずに自身が常時展開している防御障壁のみで弾いた。

「なっ……!?　私の魔法がっ!!」

「ほらな？　もうかなり威力も弱まってきてる。カタリナさん、あんたはもうオレには勝てないよ？　さて、覚悟はできてんだろうな？」

ミチオの右手に禍々しい魔力が集まっていく。

ここで初めてカタリナは自身が犯した過ちに気が付いた。相手の狙いは自身の魔力切れ。もはやこの男を倒せる魔法がない。……打つ手なし。カタリナの額に冷や汗がジワリと滲む。

しかし、ここまでミチオが戦えると誰が予想できたであろうか？　いや誰も予想などできない。彼はこの世に数えるほどしかいない覚醒魔王の一人なのだから。

カタリナがこの局面をどう乗り切るか必死で考えていると、後方から聞き覚えのある声が聞こえてきた。

「カタリナざまぁぁーー!!」

「うぇぇぇぇーーーーん!!」

来たのは泣きべそをかいたアリエッタとマリエッタだった。さらにその後方からはリリーナとマリアが追いかけてくる。

「ちょっと、あなたたち待ちなさいっ!!」

「逃げるなんて卑怯ですわよ!?」

そして魔導少女《マジカルスター》の二人は、カタリナの背後へスルッと隠れるようにしてリリーナとマリアを睨みつける。

「はぁ……この男だけで、こっちは手一杯というのにあなたたちは……」

「ごめんなざーーーい……、でも、あのおばざんたちがいじめるんですっ!!」

「うぇぇぇーーん!!　いじめるのですぅーーー」

再びおばさん呼ばわりされたせいか、リリーナとマリアの顔にピキピキっという効果音と共に青筋が入る。

しかし、ここである男が目覚めた。あれだけやられてキレていたのにもかかわらず、この魔導少女を見た瞬間、全てが吹き飛んで男の何かが覚醒した。

「魔法少女キタァァァァァァーーー!!」

両手の拳をグッと握りしめ、変態が魂の咆哮を上げたのだ。

日本に残してきた彼の愛《いと》しき彼女《フィギュア》たち。もう二度と逢えないと思っていた。だが、そんな最愛の彼女たちを超える逸材が今目の前に。そう、彼は生粋の魔法少女マニアなのだ。そのあまりに強い彼の魔法少女愛。彼の心からの叫びに女子四人が石化した。

カタリナはその隙を見逃さなかった。咄嗟に自身が身に着けている指輪を媒介にして、瞬時に【聖なる堅牢《セイントプリズン》】を展開する。三人を聖なる魔法の牢獄へと拘束することに成功した。

「し……しまった!! あの天使たちの可愛さに見とれて油断したっ!! くそ、なんだこれ? あっ、天使ちゃん待って! あぁ……そんな目でオレを見ないで!! ゾクゾクするから!!」

「ちょっと、ミチオさん!! いきなりあんなこと言わないでください!! 捕まっちゃったじゃないですか!! これどーするんですか!?」

「リリーナさん? そんなことよりもこの結界かなり頑丈ですわよ? 破壊するのに時間が掛かりそうですわ。まずはこの結界を解くのが先ではなくて?」

三人の動きを封じたカタリナだが、三人を追撃するという選択はしなかった。

「アリエッタ、マリエッタ。今のうちにカノープス様と合流するわよ」

「「……はい!!」」

選んだのはカノープスとの合流。あくまでも優先するのは勇者なのだ。三人は粉塵が舞い上がる

はるか後方へと向かっていった。これが悪夢の幕開けとも知らずに。

そして同時に辺獄の空に悲痛な叫びが木霊した。「オレの天使ちゃん行かないで」と……。

第四章　魔王襲名

痛たたた……。おいおい、マジか。俺の右肩なくなりかけてんだけど？　腕上がらねーし。黒翼でレジストしてなかったら身体半分は消し飛んでいたな……。あっぶねぇー。

しかし、どうしよう？　こんな状態ではラジオ体操の腕回すやつとかできないんだけど？　これ慰謝料請求もんだぞ？　というか、これ完治するのだろうか？　とりあえず自己再生してくれるのを待つしかないな。

そして、はるか前方から勇者がゆっくりと近づいてくるのが見えた。

つか、勇者強すぎじゃね？　さっきも俺の魔眼キャンセルされたし。何あのスキル？【全耐性の竜鎧《バハムートティア》】とか反則だろ？　マジで面倒くせーな。

俺は立ち上がり、暗黒剣を作成する。だが右腕が使い物にならないので左手一本だ。

うーむ……、あの馬鹿みたいに速い剣戟を捌くのに左手一本じゃまず無理だな。もしかして、これ詰んだか？

あまりの無理ゲー感に若干諦めかけていると、なぜかリリーナの顔が浮かんだ。

ここで諦めたら、あいつらに怒られるな。しゃーない、やるか!!

それにまだ手はあるはずだ。考えろ俺!!　きっとあのクソ勇者は俺が重傷だとたかを括《くく》ってるはず。隙をつくならそこか？　頭をフル回転させろ。相手の裏を読め。計略の基本だろ？

「………暗黒剣」

うん、やれることをやろう。このダンジョンを守るために。

そして俺は最後の賭けに出ることにした。

⌘

「おい、クソ悪魔。無様だな」

「そうか？　お前のおかげで肩こりがなくなったわ！　いやー、軽い軽い！　楽でいいぞ？　お前も俺と同じように肩こりなくしてやろうか？」

「ふん、ふざけたことを。いい加減お前の面《つら》を見るのも飽きてきた。……もう死ね!!」

そう言うと勇者は聖剣をヨルシアに向けて薙ぎ払ってきた。竜の闘気を纏い、常人ではありえぬ速度を容易《たやす》く超越する。

それをヨルシアはダンジョン転移で避け、カノープスの背後より斬撃を放つ。だが、それを予測していたようにカノープスはアスカロンで受け止めた。

「ふん、もはや虫の息ではないか。そんな攻撃が俺に通じると思ったのか？」

「あぁ……、思ったね!!」

すると突如として地中から、ヨルシアが手にしているのと同じ暗黒剣がカノープスへと襲いかかる。暗黒剣は魔力から形成される剣。ゆえに魔法の如く自在に操ることが可能なのだ。地中へと自身の魔力を固定し、時間差で暗黒剣を遠隔形成する。しかも辺獄の地に吸収されないように、個々に結界を張り仕込むという細かさ。ちょっとした超絶技巧だ。そしてヨルシアが形成した暗黒剣の数……なんと百本。

　それが一斉にカノープスへと攻撃を仕掛けたのだ。いくら超反応が可能な勇者といえども、ヨルシアの攻撃と一緒に捌ききるのは至難の業。

　それでもカノープスは襲いかかる暗黒剣を次々と斬り砕いていく。音速を超える光速の剣技。人を超越するとここまでの動きができるのかとヨルシアは素直に驚いた。

　そしてカノープスが七十一本目の剣を砕いたところで、ようやく隙が生まれる。七十二本目がカノープスの脇腹を斬り裂いたのだ。ヨルシアが好機と見て再度死角より攻撃を仕掛ける。

　魔力を纏った渾身の一撃。……しかし。

「聖剣技　轟竜覇王剣!!」

　カノープスもヨルシアが飛び込んでくるのを誘っていたのだ。カノープスを起点に円状に広がる広範囲殲滅技。ヨルシアは魔力で相殺したが、周囲の暗黒剣は全て砕け散ってしまった。してやったりとカノープスが不敵な笑みを浮かべる。

「残念だったな？　お前の切り札はこれで………」

「まだだ!!」

　カノープスの周囲に浮かぶ四つの空間収納の扉。そこから再び暗黒剣が飛び出してくる。しかし、出てきたのはたったの二十本。それをカノープスが全て叩き折り、カウンターの一撃を叩き込もうとするが、肝心のヨルシアの姿が消えていた。

　するとカノープスの背中にそっと手が添えられる。

　慌てて振り返るが、時既に遅し。カノープスは最後の最後でダンジョン転移をするヨルシアを見逃した。

「ふぅ……やっと近づけた。この距離ならてめぇの強力な障壁でも防げないだろ？　避けてみな？　【暗黒破壊波動砲《ダークネビュラ》】ぁぁ!!」

「こ……のっ、クソ悪魔がぁぁぁぁぁ!!」

――ズドォォォォォォォォーーーーーン!!

辺獄の大地を黒い一筋の閃光が横断する。迸る光と共に、その大地は抉れ、深い傷跡を残した。それを上空から見ていたカタリナたちの顔が一気に青ざめる。抉られた大地の先にいる者の名を知っているからだ。

「カノープス様っ!!」

カタリナの悲鳴に近いような叫びが辺りに木霊する。遠目から見ても、その威力のほどが窺い知れるからだ。カタリナたちは黒い閃光が消えた先へと向かうために辺獄の赤い空を疾駆《しっく》した。

⌘

カタリナたちが、粉塵が立ち昇る先へと到着すると、そこには上半身の鎧が剥がれ落ち、背中が大きく灼け爛れたカノープスがうつ伏せで気を失っていた。

「「ひぃ………」」

アリエッタとマリエッタから小さく悲鳴が漏れる。傷のエグさで悲鳴を上げたのではなく、竜の闘気を纏った勇者相手に、ここまでの傷を負わせた相手に畏怖したのだ。

「カノープス様っ!!　しっかりしてくださいませ!!」

カタリナがカノープスの背中に両手を添えて、極光魔法の一つ【精霊癒光《フェアリーライト》】を唱え治療を始める。

しかし、カノープスが纏っていた竜の闘気の残滓がまだ残っており、カタリナの思い通りに治療は進まなかった。

額に汗を滲ませ、残り少ない魔力で必死に治療をするカタリナ。頼りにしていた勇者が瀕死になっている現実を受け止められず、ただ棒立ちになる少女二人。

そんな三人の前に転移で一人の男が現れた。

その男は右腕が肩からゴッソリとなくなり、カノープスの神聖剣アスカロンが胴体の半分まで埋まっていた。魔族の心臓ともいえるコアにこそ直撃はしてはいないが、それでもかなりの致命傷を負っている状態。

そう、ヨルシアの魔法が放たれるあの一瞬で、回避不能と判断した勇者は、逆にヨルシアに対し必殺の一撃を叩き込んでいた。そんなダメージを負った身体を引き摺りながらもヨルシアは三人に近づき話しかけた。

「ごほっ、ごほっ……。いってぇ……、ははっ。痛いってレベルじゃねえか。マジでシャレになんねーわ。というか、お前らそいつの仲間だろ?」

カタリナは治療に専念しているため、キッ……とヨルシアを睨むだけだったが、アリエッタとマリエッタは小刻みに震えながらヨルシアの問いに小さく頷いた。

「じゃあさ、もうお前ら見逃してやるから、そいつ連れて帰ってくんねーかな？　マジで色々としんどいわ。つか、面倒くさい。その代わり二度とこのダンジョンに来ないって約束しろ。それが見逃す条件だ」

　ヨルシアの突拍子もない提案に三人は、時が止まるほど驚嘆していた。誰も返答をしてこなかったのでヨルシアはそのまま話を続ける。

「俺さ、別にあんたらと好きこのんで戦いたいわけじゃないんだよね。仮にだけど、もし自分の家に侵入者が現れて、いきなり家族や友人を襲ってきたらあんたらならどうする？」

「ふざけたことを!!　ここがそうだと言うつもりですか!?」

　ヨルシアの問いにカタリナが声を荒らげて叫んだ。

「あぁ、そうだよ。その通りだ。あんたらが俺たちのことをどう考えてるかなんて俺にはわからない。だけど、少なくともこのダンジョンは俺の家であり、眷属は俺の家族だ。あんたらの価値観で理由もなく襲われ殺されるなら、俺はどんな手を使ってでも家族を守る。このまま引いてくれるなら命までは取らない。それでも抵抗するなら、ガラじゃないけど命を懸けてでもここは守る。さぁ、どうする？」

　カタリナは何も言い返せなかった。目の前にいる男にはちゃんとした信念があり、そして自分たちと同じように誰かを思いやる心があるからだ。今まで相対したどの魔族とも違う不思議な悪魔。男の前でカタリナは押し黙ってしまった。すると……。

「カ、タ……リナ……。耳を……貸すな。あ……いつは……敵だ」

　瀕死の重傷を負った勇者が目を覚ます。身体がボロボロになりながらも、その目に宿す闘志は少しも衰えていなかった。カタリナはハッと喜ぶが、それもつかの間。上空から聖なる監獄へと閉じ込めたあの三人の魔族が目の前に降り立ったのだ。

「なっ、ヨルシアさん死にそうじゃないっすか!?」

「マスター!?　酷い傷……待ってて!!　今、治すから!!」

「ヨルシア様っ!?　なんてお姿に……、あなたがた!!　覚悟はできてるんでしょうねっ!!」

戦闘態勢に入るミチオとブチギレマリアをヨルシアは制止した。

「マリア、ミッチー少し待ってくれ。まだこいつらと話したいんだ」

すると勇者がプルプルと震える手からヨルシアに向けて闘気弾を放つ。それをマリアが片手で簡単に弾き飛ばす。その顔はヨルシアが止めていなければ、今にも勇者へと襲いかかりそうな形相だった。

「おいおい……。まだやんのかよ?　もうやめようぜ?　つかさ、お前のこの剣抜けないんだけど?　これどーなってんの?　早く抜いてさっさと帰ってくんねーか?」

勇者の顔にも怒りが滲む。治療をするカタリナの手を振り払い、震えながらも立ち上がった。

「貴様……。そんな……悪魔の戯言《たわごと》を……信じるとでも思うのか!?」

「信じるさ。俺のスキル【契約《コントラクト》】を使ってもいい。知ってるだろ?　このスキルのことを」

悪魔の【契約】。お互いの魂を懸けて任意で結ぶ契約。ゆえにその効力は強く破ることはできない。悪魔が約束事を絶対に守ると言われる所以《ゆえん》だ。

「お互いに手を出さない。そう、不可侵条約だ。お前とこれを結ぶのなら文句ないだろ?　それに今まで通り三階層までなら採取、採掘はやってていいからさ。だからもう帰れ」

「貴様っ……、愚弄《ぐろう》す……ゲホッ、ゴホッ……」

勇者の口から黒い血の塊が吐き出される。内臓をやられているせいか上手く話せない。カタリナは勇者に寄り添い治療を続けた。

そして、治療しながらもカタリナは瞬時にこの【契約】のメリットを理解した。物凄く、いや、自分たちにとって良すぎる条件である。魔王級の種族が住んでいるダンジョンを効率良く無力化し、さらにノーリスクで今まで通りに採取、採掘を行って利益を出すこともできる。

……悪くない。むしろこちらが追い込まれているのにもかかわらず相手からの妥協案。カタリナはチラリと勇者の方を見る。

カタリナが勇者の守護者となり十数年。未だかつてここまで傷つき弱りきった勇者を見たことがあっただろうか？　強く、気高く、正義の塊と言っても過言ではない勇者。その勇者が目の前で今にも倒れそうなのだ。五歳年下の勇者を、幼少の頃から弟のように見てきたカタリナにとって、その姿は酷く心を締め付ける。

結局最後にカタリナを動かしたのは、勇者への慈愛の心だった。ボロボロに傷ついた勇者を助けたい。その一心でカタリナはヨルシアの返答に応じた。

「本当にその条件を呑めば見逃してもらえるのですね？」

「あぁ、約束しよう。だからもうマジでお前らここに来るなよ？」

「………わかりました。その条件を呑みましょう。今後、お互い不可侵ということで、もう終わりに……」

カタリナが最後まで言い切る前に言葉は止まった。

「な……んで……？」

カタリナが振り返ると、そこには鬼の形相でカタリナを睨む勇者がいた。その手には血濡れた短剣を持ち、カタリナの背中を深く刺していた。

「最後の……最後で……、お前が……俺をぉぉ……裏切るなよっ!!」

——勇者たる者、見返りを求めてはならない。

呪いに近いこの言葉。自分の正義が絶対と信じているカノープスにとって、カタリナの行動はもはや裏切りでしかなかった。

「かっ……カノー……プス……様……ちが……い……」

「もういい……裏切り者が喋るな。【有終之闘法《ラストブレイブ》】うぅう！！」

勇者の身体から青白い闘気が立ち昇る。そしてその闘気がカタリナの身体を包んだ。

——【有終之闘法】

仲間の力を吸収して自身の力へと変換する勇者スキル。本来の使い方であれば仲間と力を合わせて自身を強化をする技なのだが、使い方を間違えれば仲間の命を奪ってしまう諸刃の技。

それをカノープスは瀕死のカタリナに対して容赦なく掛け続けた。……その愛憎を込めて。ずっと最後まで支えてくれると信じていた者の裏切り行為。到底彼には許せるものではなかった。

そして、その凶行は後ろに控える魔導少女《マジカルスター》たちに及ぶ。カノープスは掌を二人へと向けスキルを発動させる。

「お前らの力もさっさと寄越《よこ》せぇぇ!!」

「「きゃあっ!?」」

先ほどのリリーナたちとの戦いで消耗しきった身体に、強制的なドレインがかかる。たまらず二人は地面へと膝をつき踠《もが》き苦しみ始めた。

「か……カノープス……様。お……やめ……ください」

「く……苦しい……ですぅ……」

二人が苦悶の表情を浮かべるが決してやめようとしないカノープス。その顔には狂気が滲み仲間の命すら顧みない様子だった。みるみるカノープスへと魔力が集まっていく。

「……お前ぇ!!　仲間をなんだと思ってるんだっ!!」

ヨルシアの背中に羽が乏しくなった黒翼が顕現する。それは自身の魔力が尽きかけていることの証明でしかなかったが、そんなこともお構い無しに残り少ない魔力を左手に集めていく。

そして、左腕を振りかぶり勇者の顔面へと拳を全力で叩き込んだ。

……が、しかし。ヨルシアの拳は勇者の障壁を破れずに止められてしまう。バチバチと魔力がぶつかる音が辺りに広がった。だが、防がれてもなおヨルシアは叫ぶのをやめなかった。

「お前は、仲間を犠牲にしてまでそんなに戦いたいのかよっ⁉」

喜怒哀楽の【怒】が抜けているような性格のヨルシア。そのヨルシアが勇者に対してキレた。

「悪魔が何を偉そうにほざくっ⁉　裏切り者を処罰しただけだ。それよりも貴様も既に限界ではないか。安心しろ……すぐに貴様らも殺してやるっ!!」

カノープスがそう言うと、右手に闘気を纏いヨルシアに殴り返した。ただ、体力がないせいか足元がふらつき膝をつく。そして一呼吸置き、身に着けたペンダントを引き千切り、天へと掲げた。

「偉大なる聖竜レグナードよ!!　古《いにしえ》の盟約《めいやく》に従い顕現せよっ!!　捧げるは我の命!!　災禍《さいか》を祓い、

悪を滅ぼせ!!」

　ペンダントから空へと向かい一筋の聖なる光が伸びる。すると辺獄に広がる真っ赤な空が、綺麗な白い雲の広がる空へとガラリと変わった。その雲の隙間から光の柱が出現しカノープスを包み込んだ。

「くっくっく……終わり……だ……クソ悪魔。お前ら……全員……道連れ……にして……やるよ。ははっ……はーはっはっはっはーー!!」

　そう言い残すとカノープスは光の球体となり、そのまま空へと昇っていった。

　恐ろしいほどの魔力が光の球体に集まっていく。辺獄の地に地鳴りが起こり、魔素の嵐が吹き荒れた。空は真っ二つに割れ、カノープスを包む球体が徐々に大きくなっていく。

　その光は次第に大きな竜の形へと変わり、けたたましい咆哮と共に神々しい姿を見せた。


――グギュルァァァァァァァアーーー!!!

　ダンジョンに竜神の一柱【聖竜レグナード】が降臨した。

⌘

　白い雷光が何本も辺獄の空を逆る。そして大きな咆哮と共にソレは顕現した。

　純白の鱗《うろこ》に、七色に煌めく鬣《たてがみ》。その四枚の大きな翼は鳥のような白い羽毛に包まれていた。そし

てその身に宿すは正義の光。はるか昔よりこの地を守り、人々より崇められる存在。

——それが【聖竜レグナード】

召喚者の魔力が足りず、完全召喚とはならなかったが、それでも体長五〇メートルを超える体躯の圧倒的威圧感にヨルシアたちは固唾《かたず》を呑んだ。

「なんだアレ……。反則だろ……？」

ミチオが悲哀の表情を滲ませ呟く。自身の魔力が巨大だからこそ、目の前にいるバケモノの力が推し量れるのだ。そして、ヨルシアが叫んだ。

「マリア、リリーナ!!　そこの倒れてる三人を治してやってくれ。ミッチー!!　まだ、あいつは目覚めていない!!　俺たちで今のうちにあのバケモノを倒すぞ！　サポートを頼む!!」

リリーナがヨルシアを止めようとしたが、あっという間にヨルシアはレグナードの眉間の辺りへと転移をする。まだ完全に目覚めきっていない今が、このバケモノを倒す唯一無二のチャンス。ヨルシアはそう判断し、残り少ない魔力を振り絞り深淵魔法を唱えた。

「お前なんつーバケモンになってんだよ……。そんな簡単に人間やめんなっての!!　マジ面倒くせぇな。もう一発喰らっとけ!!　……【暗黒破壊波動砲《ダークネビュラ》】ぁぁー!!」

ヨルシア最強の深淵魔法。全てを無に帰す闇の奔流。それがレグナードの眉間を撃ち抜く。

しかしその闇の閃光は貫くどころか、毛の先に触れることもできず、左右に二又に分かれ弾かれた。ヨルシアの魔力が少ないとはいえ、それをまだ目覚めてもいないレグナードが弾いているのだ。もはや悪夢でしかない。

「……なっ!?」

ゆっくりと目を開ける聖竜レグナード。驚愕するヨルシアをまるで気にも留めず、レグナードは大きく口を開けた。そしてその尋常ではないほどの巨大な魔力を収束する。

――キュンッ!!


レーザーにも似た一筋の閃光がヨルシアに放たれると、白い大地に一本の綺麗な溝が刻まれる。

数秒後、置き去りにされた爆音と共に、そこから火柱が立ち昇り辺獄の地を一瞬で焦土と化した。大地は赤く熱せられ、その地の底まで続くような深い溝は、まるで奈落へと繋がる入口のようだった。

ヨルシアは左半身を縦に綺麗に切断され、そのまま目を見開きながら地上へと落ちていく。

それを見たレグナードが歓喜の咆哮を上げた。

⌘

やべぇ……、身体の感覚がない。俺、どうなってんだ？　くそ、状況が把握できない。地面へと落下すんのはわかってんだけどな。あの白いドラゴンがどんどん小さくなってくし。

……ん？　リリーナとマリアがこっちに来てる。なんだあいつ。また泣いてんのか？　リリーナって性格の割に泣き虫なんだよな。……って、マリア。お前もか!?　二人で受け止めてくれるのは嬉しいけど、なぜに泣く!?

おっ、ミッチー？　珍しくめっちゃくちゃ怒ってんな？　そんなに怒ってどうした？　……って、そっちに行くな!!　今の見てたろ？　そのドラゴン半端ないから無理だって!!　逃げろ!!

……ほら、言わんこっちゃない。ミッチーも身体吹き飛ばされてんじゃんっ!!　あっ、でもすぐ再生するんだ。まじで不死身だな。俺もすぐ治ったらいいのに。つか、これ治るのか？　身体半分ないんだけど？　聖剣も刺さったままだし。それにしても周りのスピード遅すぎない？

……って、あれ？　もしかして、これ走馬燈か⁇　やべぇ、よく考えたら周りの音も聞こえないじゃん!!　これマジのやつか⁉　ちょっと笑えないんだけど⁉　まさか俺……死ぬのか？　って、このダメージで生きてる方が不思議だよな。

リリーナとマリアの顔が近い。お前ら涙で顔がグシャグシャじゃねーか。回復スキル使ってくれてるけど何も感じないわ……。

二人とも守ってやれなくてごめんな。もう、俺のことはいいからエリー連れて早く逃げろ。アレは無理だ。俺たちじゃ倒せんわ。

それにしても寒いな。周りも暗くなってきたし。あーー、クッソ!!　死にたくねぇ……。最後の最後にこんなこと思うって、面倒くさいって言ってる割に、俺って意外と頑張るヤツだったんだな……。

⌘

「マスター、ますたぁ、まずだぁぁぁ!!　お願いだから目を開けてよ!!　死んじゃやだよぉぉ!!」

「なんで治らないんですのっ!! なんで、なんで、なんでぇ!! ヨルシア様、目を開けてくださいまし!!」

リリーナとマリアの悲痛な叫びが辺りに響き渡る。既に先ほどのレグナードの攻撃でヨルシアはコアの大部分を破壊されてしまっていた。もう手遅れなのだ。二人も頭ではそれをわかってはいるものの、心がそれを受け入れない。

「お願い……、置いてっちゃ……やだぁ」

「絶対、死なせません!! リリーナさん、もっと魔力を!! もっと……ま……りょくを……いやぁぁぁぁぁ!!」

諦めたくない……。諦められない。しかし、認めたくないその残酷な現実がすぐそこまで来てしまっている。悪魔が完全に死ぬ時、その身体は白い灰と化す。ヨルシアの身体も徐々に灰と化してきたのだ。そんな絶望的な状況に、思わず二人の手が止まってしまう。

するとそんな二人を見兼ねたように、後ろから近づいてくる人物が一人。

「なんじゃ、お主らもう諦めてしまうのか?」

固まる二人に声を掛けたのはマスタールームで待機してるはずのエリーだった。

「エリー様……なんで……ここに……」

「ヨルシア様が……ヨルシア様の怪我が……治りませんの……魔力の流出が止まらないんです。もう……、もう……」

思わずマリアが口を紡ぐ。

「二人とも綺麗な顔が台無しじゃぞ? ヨルシアが見たらなんと言うかの? ほら、早く泣き止むのじゃ。後は妾に任せよ」

「……エリー……様？　何を……なさるおつもりですか？」

何かを決意したかのようなエリーの表情。リリーナの問いにエリーは口を開く。


「この場にて【魔王襲名の儀】を執り行う!!」

――【魔王襲名の儀】

それはエリーの居城、暗黒宮殿にあるパンドラの間にて執り行う闇の神事。かつて魔王の称号を得た、歴代の魔王たちの中から適合する名前を対象者に与える儀式となる。そして名前を得ると同時に、完全適合する対象者は、その魔王のスキルや魔法を受け継ぐ覚醒魔王となる。

ゆえに魔王襲名の条件を得ても、儀式を通して資格なしと判断されれば魔王名を得るが、強力なスキルや魔法を受け継ぐことはできない。それとは逆に強すぎて、その者の名前が魔王として襲名されるケースもある。

「この場でこやつを新たな魔王として覚醒させる。進化のエネルギーがあればこやつを死の淵から呼び戻すこともできよう。しかし、問題はヨルシアは魔王になることを望んでおらんかった。こやつの心がそれを受け入れるかじゃな。まぁ、受け入れなかったら殴ってでもこやつを魔王にするだけじゃがのう」

「ほんとですか!?　ではエリー様!!　さっそくパンドラの間へと転移を……」

マリアがそう口にしようとすると、エリーがそれを遮るように話し始めた。

「無駄じゃ。転移してもすぐにパンドラの間は使えぬ。妾の魔力を祭壇に溜めておらぬからのう。祭壇を起動しようとしても最低でも一週間は必要じゃ。それにもはや移動する時間すら惜しい。この場で執り行うぞ」

エリーがそう口にすると立体複合魔法陣がヨルシアを取り囲む。それを見たリリーナが慌てた口調でエリーを止めに入った。

「エリー様、おやめください!! パンドラの間で正式な手順で儀式を執り行わないと、マスターとエリー様の魂がリンクしてしまいます。万が一……万が一、失敗でもしたらエリー様は……、エリー様は……」

リリーナの目尻から涙が溢れ出す。死ぬかもしれない……。そう口に出したいが、ヨルシアを助けたいのも事実。万が一、失敗してエリーの命を犠牲にしてもいいのだろうか？ そんな葛藤が、リリーナの心の中を巡り処理できない感情が涙として溢れ出した。

「二人ともそう心配するでない。妾がそうしたいのじゃ。お主らもヨルシアのためにならその命を使わぬか？ 愛する男を待っているだけが女ではない。そうじゃろう？」

エリーが冗談めかしてそう言うが、二人の表情は真剣そのものだった。

「それに、こやつをこんなところで死なせてなるものか。リリーナ、マリア、妾の魔力だけでは足りぬ。二人とも手伝ってくれるか？」

「「はいっ!!」」

そして、ヨルシアを包む立体複合魔法陣に三人の巨大な魔力が送り込まれる。

こうして辺獄の地にて【魔王襲名の儀】が開始された。

「グギュルァァァァァァァーー!!」

「……ほんとバケモノだな。でも残念。そっちには行かせない。お前の相手はオレだ!!」

レグナードは何度も何度もミチオを身体ごと吹き飛ばすが、それでも復活してくるこの男に苛立ちを隠せずにいた。初撃で葬り去った男の周辺にも巨大な魔力の波動が。レグナードはそれが気になり、この男に集中ができないでいた。そのできた隙をミチオが攻撃するという悪循環。

「そろそろ、ダメージ入ってくんねーかな？　これで入ってくんないと、マジで嫌になっちまうぞ？　……【塺腐陀腐塺死皇蝕《エグカルナル・カルナジア》】!!」

ミチオが放つ渾身の腐蝕魔法。聖竜レグナードの四方を強力な結界で包み、その大気中に腐蝕ガスを発生させる。レグナードが纏う防御障壁すら無効と言わんばかりにその竜鱗《りゅうりん》を徐々に溶かしていった。そして、その結界によりレグナードの動きも制限する。まさに攻防一体の魔法である。

「ヨルシアさん……オレ待ってますからね？　早く戻ってきてくださいよ!!」

ミチオは地上に突如現れた立体複合魔法陣に目をやりそう呟いたのだった。

⌘

暗い……何も見えない……。ここはどこだ？　俺は死んだのか？　いや、死んだにしてはおかしいな。意識がハッキリとしすぎている。だが、あの傷で生きてるのもおかしい気もする……アレ？じゃあ結局死んでるってこと？

俺が軽いパニックに陥っていると、突然この暗闇の中に声が響き渡る。

『……よう！　気分はどうだい？』

聞いたことのない声だが、なぜか懐かしい感じがした。

「誰だ？」

『ふふふ……そう警戒するなって』

「いや、するだろ？　つか、マジでお前誰だよ？」

『質問に質問返しとは面倒くさい野郎だ。まぁ、別にいいが。俺の名前は【n:j※twd】。……ちっ、なんだ制限かかるのか。……面倒くせぇ。どうやら名乗れないらしい。お前がテキトーに考えて呼んでくれ』

「いや、無理だし!!　知らないヤツの名前をテキトーに考えて呼ぶなんてどんな罰ゲームだよ!?　つか、ここどこだよ？　俺は死んだのか!?」

『知らねぇーよ!!　お前がどんな状況かなんて俺が知るわけがないだろ!!　俺もここに喚び出されたんだからな』

「喚び出された？　誰に？」

『ほんっっと、お前面倒くさいな？　きっと俺を喚んだのはエルアリリーの嬢ちゃんだよ。まぁ、当の本人は俺を喚んだつもりなんてコレっぽっちもないだろうがな』

「いや、質問なんてしたくねーけど、今の状況がマジで理解できん。お前はエリーと知り合いなのか？」

『エリーって、お前……。どんだけ親しいんだよ？　まぁ、知り合いっていうか、俺が魔王やってた時代のツレの娘だ』

「は⁉　あんた魔王なのか⁉」

『おうよ。当時最強と言われた七大魔王の一人だ。というか説明させんな！　面倒くせぇ』

「へぇ〜、そんな凄い御方がなんでまたこんなとこに？」

『そんなの決まってんだろ？　大方、エルアリリーの嬢ちゃんが魔王襲名の儀でもやってんだろうな。ただ、かなり不完全な術式だ。これ、相当無理してる感じだな。何があった？　ちょっとお前の記憶を見せてもらうぞ？』

　すると突然、大量の魔力が俺の中に入ってきた。身体の中を触られているようで非常に不快である。しばらくすると、声の主がいきなり大きな声で笑い始めた。

『あっはっはっは‼　こりゃ、お前とんだ災難だったな！　聖竜レグナードってか！　たかが勇者の命だけでよくもまぁ、そんな奴が降臨したな』

「知ってるのか？」

『知ってるも何も、そいつ俺が最後に戦った面倒くせぇドラゴンだ。しかも、三日三晩の激闘の末相討ちになっちまってな。その後、お互い神の一柱になったもんだからさらに面倒くせー。いやー、懐かしいなー、あのクソドラゴン。あいつ滅茶苦茶強ぇーだろ？』

「はぁ⁉　ちょ……ちょっと待て‼　色々まだ呑み込めていない。つか、あんた神様なの？　さっき魔王やってたって言ってたじゃん‼」

『おう、そうだ。制限かかってるから俺の今の名前と魔王時代の名前は言えんがれっきとした神だ。おい小僧、俺のことをちゃんと敬えよ？』

「で、話は戻るけどそんな偉い神様がなんでここに？」

『お前スルーか？　神の話スルーか？　仮にも元魔王でもあるんだぞ？　よくもまあそんな言葉遣いできるよな？　ほんと無礼で面倒くさい奴』

「いや、ここであんたと問答やってる時間なんてないから！　そんなヤバい奴なら、早く戻ってあのドラゴン倒さねぇとみんなやられちまう」

『まぁ、待てよ。焦るな。ここは時間の流れがない虚無の空間。そんなに急いだっていいことなんかねぇーよ。それより問題はお前に俺の力を引き継ぐ資格があるかってことだ。面倒くせーけど、それを見極めなければならん』

「なんだ神様？　俺に力くれんのか？　だったらさっさと渡してくれよ。それで終わりじゃん」

『ほんとそれな！　お前軽いわー。それに無礼だしー。つか、仲間の命なんて見捨てて引き篭もればいいじゃん。お前の記憶を読んだが、ニートになりたかったんだろ？　あえて孤独の道を行く。かっこいいじゃねーか。それなら俺の力貸してやらんこともないけど？』

「ああ、そうだ。……ニートになりたい。俺の夢だ。でもな、そんな夢のために仲間《あいつら》を見捨てることは俺にはできない。それに今も俺のために必死にダンジョンを守ろうとしてくれんだよ‼」

『バカか？　よく考えろ？　元は赤の他人じゃねーか。しかも血縁でもないんだろ？　だったらそんな奴らとは縁切っちまえよ。面倒くせぇ。見捨てて初めからやり直せ。そうすれば俺の力を貸してやる。とびきり強力なヤツをな』

「じゃあ……悪いけどいらねぇわ！　仲間を守れないのならどんなに強い力もらったって無意味だし。つか、むしろいらん。ということでこれで話は終わりだな。もう戻ろうぜ」

『くくく……あーーーはっはっは!!　あくまでも仲間のためか。合理主義者かと思ったんだが、意外と青臭《あおくせ》ーんだな。ほんと面倒くせぇ奴!!』

「うるせー。仕方ないだろ？」

『仕方ない？　何がだ？』

「俺のへなちょこな夢よりもあいつらの方が好きになっちまったんだ。ダンジョンニートにはなりたいけど、そこにあいつらがいなきゃ嫌なんだよ。逃げることはいつでもできる。だけどな、今しかできないことを目の前にして逃げるなんて真っ平ごめんだわ」

『あーーーはっはっは!!　面倒くせぇー!!　マジで面倒くせぇよお前!!』

「うるせぇよ。自分でもそう思い始めてるんだからほっといてくれ」

『はぁーー……笑った。でも、その面倒くさい性格が気に入った!!　よし、いいだろう。俺の力くれてやる。全部持っていきやがれクソ野郎』

そう言うと、俺の中に恐ろしいほどの魔力が流れ込んできた。

なっ……なんつー魔力!?　身体が引き千切られそうだ……魔力の圧が半端ねぇ……。これ耐えられるのか？　進化の時の比じゃねぇ!!

「こっ、これ……は？」

『言ったろ？　全部やるって。いいかよく聞け？　俺のスキルは面倒くさいことに生物の命を奪ったりはできない。しかし、お前が面倒くせぇと思った事象を全て取り消すことができる超素晴らしいスキルだ。考えても仕方ねぇから直感で使え。お前は最強の【面倒くさい】を手に入れたんだ』

「ス……キ……ル？」

『そうだ。あと、どうやらお前に俺の名前を名乗る資格ができたようだ。おめでとさん、新たなる魔王よ』

「……魔……王？　……俺が？」

『あっはっはっはーー!!　小僧、良かったな！　これでお前も聖女の信託に引っかかって、念願のニートの夢はさらに遠のいたわけだ。ざまぁ!!』

「う……るせ……え……」

『まぁ、その、なんだ。……面倒くせぇが気張れよ。そして忘れるな。今の気持ちを。お前の魂にちゃんと刻み込んで、その一歩を踏み出せ。それに面倒くさいから世界は楽しい。いいか？　これよりお前の名は……』


――【大罪の魔王　怠惰《たいだ》のベルフェゴール】

すると、この真っ暗な空間の先に一筋の光が見えた。それが徐々に大きく輝いていく。

『俺の大罪スキル【怠惰】を使ってドラゴンなんぞに負けるんじゃねーぞコンチクショー!!　これ、最強のスキルだかんな？　他の奴らに負けたら承知しねえから!!　いいな？　もし負けたら……』

暖かい光が見えたと思ったら声の主が遠のいていった。最後の方は何を言ってるかわかんなかったな……。それにしてもなんて心地よく癒される光なんだろう。光の中からリリーナやマリア、エリーの声が聞こえる。俺を呼んでるのか？　……そうだ、あいつらを守らないと。

こんなところでグダグダしてるヒマなんてない!!　だからこんな面倒くさい闇は晴れやがれっ!!

⌘

「エリー様!?　マスターの身体が!?」

「ヨルシア様はどうなったんですの？」

「二人とも安心せい。どうやらぎりぎり間に合ったようじゃ。見ておれ」

ヨルシアの身体が闇に包まれ、失った身体の部位を形成し始めた。そして、闇が晴れると身体が元通りとなり、魔法陣とヨルシアを包む魔力が金色に輝き始めた。

身体に深く突き刺さった神聖剣アスカロンは光の粒子となり、そのままヨルシアの身体へと取り込まれていく。右手の甲に刻まれるは大罪の紋章。左手のエルアリリーの紋章と共に光り輝いた。

そして、新たに耳の上より後頭部へと流れるように伸びる黒く太い角。そして最後にヨルシアの背中に大きく魔王の紋章が刻み込まれた。

怠惰の大罪が失われ数千年。

受け継がれし伝説と共に、虚無より舞い戻りしその悪魔は魔王へと覚醒を果たす。

――混沌より生まれ出《い》づるその者は
――煌々《こうこう》たる金光を放ち
――常闇長夜《じょうあんちょうや》を照らす大日輪の如き存在と成るだろう

――その者、象徴たる位階を【混沌の君《ロード・オブ・カオス》】と示す者なり
――幾世幾世《いくせいくよ》と限り無き正しき王であると崇め信じ
――幸い給え守り給えと……恐《かしこ》み恐《かしこ》みも白《もう》す。

ここに大罪の魔王……怠惰のヨルシア・ベルフェゴールが誕生した。

⌘

俺が目覚めると、涙で顔をグシャグシャにした三人が目の前にいた。……エリー、お前もか!?

「ますたぁぁぁーー!!」

「ヨルシア様っ!!」

「このバカタレが!!」

もの凄い勢いで三人が俺に飛びついてくる。すると何かが決壊したかのようにさらに泣き始める。

どうやらかなり心配をかけたようだ……。

「リリーナ、エリー、マリア……マジで助かった。ありがとうな。三人の声が聞こえなかったら戻ってこれなかったかもしれん。もう大丈夫だ」

泣きすぎて鼻水を垂らしたエリーが話しかけてくる。おいおい……神様、ボロボロじゃねーか。

ほら、ハンカチで鼻をかめって。

「チーーーン!!　……はぁ、スッキリしたのじゃ。ヨルシアよ、どうやら無事に魔王へと覚醒した

ようじゃな」

「あぁ、そうみたいだな。エリーありがとな。かなり無茶したようだが大丈夫なのか？」

「かっかっかっか！　お主が無事なら問題ないのじゃ！」

そう言うと、エリーが満面の笑みで俺を見上げてきたので、思わず頭を優しく撫《な》でてあげた。するとそれを見ていたリリーナとマリアの眼が恐ろしいこととなった。……まるで次は私みたいな眼《ガン》を俺へと飛ばしてくるのだ。……恐ろししや。この身が魔王と化してもなお、どうやら俺にはあの二人からの威圧感をキャンセルする術はないようだ。

というか二人ともあのドラゴン倒さないと。マジで感謝してるけどさ、今の状況わかってる？めっちゃピンチなのよ？

ふと、辺りを見渡すと勇者に魔力を吸い取られ倒れている三人が目に入った。眼《ガン》を飛ばし続けている二人を無視して俺はその三人のもとへと近づいていく。

こいつらもあのバカを信じてここまでついてきたのにコレだもんな……。カタリナだっけか？裏切られて、そして傷ついて、それでもなおあのバカを想うってか。そんな大事そうにあいつの捨てたペンダントを握るなよ……ほんと面倒くせぇ。

俺は右手を三人の前へと掲げると、カタリナの傷は瞬時に消え去り、二人の少女の顔色も良くなった。

ちょっと待ってろ。あのバカぶん殴ってくるから。俺はミッチーとレグナードが戦う上空へと駆け上がった。

⌘

「グギュルァァァァアーーー‼」

「うぉ、これもダメってかぁーー⁉」

レグナードがその巨大な腕を薙ぎ払うと、結界ごとミチオの身体を粉々に吹き飛ばした。その威力は辺獄の地に深い爪跡が残るほどだ。レグナードの溶けた純白の鱗は瞬時に再生し、その神々しい姿を取り戻す。

それに負けず劣らず、ミチオの身体にも深闇《しんあん》が集まり一瞬で身体を形成する。するとレグナードが静かに唸《うな》った。

「……グルルルル」

「おっ？　どうした？　この何度でも復活するサンドバッグミチオ様に怖気《おじけ》づいたのか？　てめえの攻撃なんて、オレの魔力が続く限り全て無駄なんだよ‼」

「おい、ミッチー。お前な？　名乗るならもっとカッコいい二つ名にしろよ？　つか、サンドバッグミチオって……。どちらかというと可哀想な子になるぞ？　あと、もう魔力ギリギリじゃねーか。次、喰らったらさすがにヤベーだろ？」

ミチオが振り返ると、そこには腕を前に組んだヨルシアが。

「よっ……ヨルシアさん⁉　復活したんですね‼　良かったぁ……。オレ……、オレ、信じて待ってたっすよ？」

「ミッチー、マジで時間稼いでくれてありがとうな！　助かったわ。もう大丈夫だ。後は俺に任せろ」

「わかりました!!　でも、あいつほんと半端ないっすよ？　障壁の強度も防御力も軽くオレたちの想像を超えてきます!!」

「ミッチー、まぁ俺を信じろって！　……よっと」

ヨルシアがグッと腹に魔力を込めると周囲に魔素の嵐が吹き荒れ、背中に三対六翼の黒翼が顕現した。

――おおっ!?　なんか羽が増えてる！　なんじゃこりゃ!?　魔力の圧も以前とは比較にもならないほど濃いな……。

するとヨルシアの六枚の黒翼を見たレグナードが、恐ろしいほどの殺気を放ち始めた。そして、先ほどのように大きく口を開き魔力を収束させた。すると大気は震え、辺りにキュィィィン……という甲高い音が鳴り響く。

「グルァァァァァァアーーー!!」

恐ろしい咆哮と共に吐き出したのは竜王の神炎《ドラゴニック・ブレス》。全てを灰燼《かいじん》と帰す竜の炎だ。それは回避不能なほどの攻撃範囲を持ち、その咆哮は天まで届く。

「まったく、いきなりそんなもんぶっ放すなよ？　うちのダンジョン壊れんだろ。面倒くせぇ」

ヨルシアがそう呟くと、レグナードが吐き出した竜の炎は瞬時に霧散した。いや、ごっそりとそのエネルギーごと消えたと言った方が正しい。その気になれば国を簡単に吹き飛ばすほどの威力があるレグナードの竜王の神炎。それをいともたやすくかき消したヨルシア。

必殺の一撃を防がれた？　普通ならば何が起きたかもわからず驚愕するものだ。しかし、レグナードは冷静だった。なぜならば、この現象には身に覚えがあったからだ。そして遠い記憶を思い出す。かつて、自身と相打ちになった、あの忌々しい大罪の魔王ベルフェゴールのことを。

「グギュルァァァアーア!!」

レグナードはすぐさま頭を切り替えた。世にはびこるどの災厄よりも危険な男。この悪魔はここで確実に葬らなければ。決意の咆哮と共にその翼に聖なる魔力を纏うレグナード。白き四枚の翼を羽ばたかせ、そこから恐ろしいほどの密度を持つ数万もの魔法の弾丸を撃ち出した。

「だから、面倒くせえって！」

ヨルシアが右手を前に出し、そう呟くと空を埋め尽くす魔法の弾丸が一瞬にして消え去った。

「おい、クソドラゴン。お前、このスキルのこと知ってんだろ？　そんなことしたって無駄だぞ？　今の俺は【面倒くさい】のフィーバータイムだ！　どんな攻撃が来ようが、全て消し去る自信がある。ましてや完全召喚されてないお前が俺に抗《あらが》うことなんてもうできない。お前も理解してんだろ？　詰んだって」

どうやらヨルシアの言葉が気に入らなかったらしく、その強靭な腕を力任せに振りかぶり、それを彼に向けて薙ぎ払った。

「おいおい、飛び道具が通用しないから物理攻撃ってか。無駄って言ってんのになー。……面倒くせえ」

ヨルシアの眼前まで迫った聖竜の巨大な爪。しかし、ヨルシアが一言呟いただけで、レグナードは攻撃を仕掛ける前の位置まで巻き戻される。あまりの突拍子もない出来事に、レグナードは自身に起きた現象を理解できずにいた。はるか昔に戦った大罪の魔王でさえ、時間ごと巻き戻すなんて芸当はしなかったからだ。

この悪魔、何かがおかしい!?　竜神であるレグナードに戦慄が走る。

「ははっ……、こりゃズルいわ。確かに最強だわ。もう誰にも負ける気がしねぇ」

するとヨルシアの頭に直接、声が響き渡る。

『憎き大罪の悪魔よ……。確かに今の我の攻撃ではお主には通じぬ。だが、しかし……お主の持つその大罪スキルだけでは我は倒せぬぞ？』

「いや、どうだろうな？」

ヨルシアが右手を前に伸ばし魔力を集中させる。

「封神剣!!」

ヨルシアがそう口にすると、右手に一本の剣が顕現する。それはあの勇者が手にしていた聖剣のように刀身が透明の美しい長剣だった。黒を基調とした柄や鍔には精緻な意匠が施され、刀身の真ん中には金色の古代文字が刻まれていた。そして、ヨルシアの魔力を纏うと、まるで生きているかの如く、鼓動を打ち熱を帯び始める。

『神……殺しの……剣だと!?　神具《アーティファクト》を取り込み、あまつさえ堕天させたというのか!?　……お主、いったい何者なのだっ!?』

何者？　そんなの決まってるだろ？

「ただのダンジョンマスターだよっ!!」

ヨルシアは魔力を全開にし、一足でレグナードの懐へと飛び込む。そして、大罪スキル【怠惰】でレグナードが張っている全ての防御障壁を消し去った。

『なんだとっ!?』

そして、封神剣を一振り、二振りとするとレグナードの強固な鱗をまるでバターのように斬り裂いていった。聖竜が斬撃の嵐に呑み込まれる。すると背中の六枚の黒翼が、ヨルシアの意思とは関係なくその翼を広げ、上翼二翼からホーミングレーザーのように魔力の弾丸を撃ち出した。

次々と着弾する魔力の弾丸。炸裂《さくれつ》しレグナードの皮膚を大きく抉る。ヨルシアの黒翼は下段の一対が防御障壁の翼、中段の一対が周囲の魔素を吸収し、それを魔力に還元する翼、そして最後に上段の一対が、吸収したその魔力を撃ち出す攻撃用の翼のようだ。その攻撃能力も非常に高く、レグナードにダメージを軽々入れるほどだ。

「おい、クソドラゴン。もう諦めろ。今のお前じゃあ俺には勝てねぇよ」

『口惜しや……。憎き大罪の悪魔よ。久々の聖なる贄《にえ》につられ出てこれたと思えば相手がお主とはな……。完全召喚さえされていれば、貴様なぞにしてやられることはなかったものを。しかし、我の贄はまだたくさんおる。次は複数の贄を……』

「は？　お前、バカだろ？　次なんてあるはずがない。誰がお前みたいな危ない奴を放置するか」

ヨルシアが封神剣に全力で魔力を集中させると、甲高い音と共にその刀身が輝き始めた。

「封神剣……乾坤封獄励起《けんこんふうごくれいき》!!」

上段に構えた封神剣に金色《こんじき》の稲妻が迸り、レグナードの周りには封印の術式が展開された。そして……。

『バカなっ!? 神を倒すなどできるわけが……』

「勝手に思ってろっ！ もう、お前は二度と出てくるんじゃねぇーー!! 封神《ほうしん》……魔煌一閃《まこういっせん》!!」

——グギュルァァァァアーー!!

振り下ろすは断罪の一撃。それはレグナードの巨躯を中心から綺麗に真っ二つとした。

断末魔の悲鳴とも思える、その咆哮と共にレグナードの身体は光の粒子と化した。そして光の粒子は、流れる星の川のように、キラキラとヨルシアの持つ封神剣へと吸収されていく。

全ての粒子を吸収し終わると、封神剣の柄頭に新たに咆哮する竜の彫刻が出現したが、ヨルシアの目に映ったのは、白い灰と化し、宙に浮かぶカノープスの姿だった。

カノープスはそのままガクっと体勢を崩し、地上へと落下していった。

ヨルシアも別に助けようとか、そういうつもりではなかったのだが、自身が考える前に身体が勝手に反応してしまう。ヨルシアは空を駆けるようにして、落下するカノープスに追い付き、その右腕を掴むが、掴んだ瞬間に腕が砕け散り灰となり辺りに霧散する。

ヨルシアは慌てて魔力のベッドを形成し、繊細に受け止めるが、それでも魔力面に触れている背中から、細かい皹《ひび》が嫌な音を立てて入っていった。

そして、地上に降り立つと同時にカノープスが目覚める。

「俺は……負け……た……のか……」

目を覚ましたカノープスが絞り出すようにポツリと呟いた。その乾いた唇は喋るたびにヒビが入っていく。

「あぁ……。そうだな」

「……カタ……リナ……たちは？」

「生きてるよ。心配すんな」

「そう……か。悪魔のお前……が、……助けて……くれたのか。……すま……ん」

「いや、俺に謝るんじゃねーよ‼　つか、らしくねーし‼　それに謝るんなら本人に言え。ちょっと待ってろ……面倒くせぇ」

ヨルシアがカノープスへと右手をかざし、その身体に事象のキャンセルを掛けようとするが、一向にその傷は消えなかった。すると、魔力の波動を感じたカノープスが。

「何を……しようと……無駄……だ。俺の……命は……もう……尽きる。回復……魔法で……は治らんさ。それ……に……敵に情けを……かける……など甘すぎ……る」

「……うるせえよ」

それでもヨルシアは【怠惰】のスキルで、事象のキャンセルを試みるがやはり発動しない。

――クソ……。万能な能力かと思いきや、とんだ欠点があったな。命尽きる者に関しては、なんの意味もなさないのか。あの三人は幸い間に合いはしたが、あと少しでも遅れていたら同じように事象のキャンセルはできなかったんだな。

「マスター⁉」

振り向くとそこには、慌てて駆けつけてきたリリーナたちと、そして目を覚ましたカタリナと少女二人が立っていた。

「カノー……プス……様？　……カノープス様っ‼」

悲鳴に近い声を上げ、カタリナがカノープスのもとへと駆け寄ってきた。

「……カタ……リナ……か？　そこに……いる……のか？」

「はい‼　おります、ここにおります……。あぁ……なんてお姿に……」

塵と化すカノープスを見るカタリナの表情は、唇が細かく震え、もはや血の気が引きすぎて真っ青になっていた。

「カタ……リナ……、す……まな……かった。俺は……」

「カノープス様っ‼　それ以上仰らないでください‼　もういいんです……もう、……いいんです」

謝罪させ未練を残させたくない。カタリナはカノープスを、少しでも安寧《あんねい》に逝かせてやりたくて全てを受け入れた。自身のカノープスへの想いすら押し殺して。

ただ、言葉にできないその感情が、カタリナの目尻から溢れ出す。その清らかな雫は、カノープスのヒビ割れた身体へ一滴、一滴と注がれた。まるで枯れた大地に恵みの雨が降るかのように。

「おい……クソ……悪魔。一つ……聞かせろ……」

「なんだよクソ勇者？」

「お前は……、世界を……どう……したいの……だ？」

「は？　世界？　なんの話してんだよ？　意味わかんねーよ」

「魔王と……なり、得た……その……凶悪な力を、何も……知らぬ……民へと……向けるのか？」

「だからやらねーよ。さっきも言ったが、俺は世界征服や戦争といったことには全く興味がないから！　というか、できれば平和に暮らしたい。だが、お前らが再びこのダンジョンを襲ってくるのなら、俺は容赦はしないぞ？　ここを守るために、その力を躊躇《ちゅうちょ》なく使う」

「ふっ……は……はは。おかしな……悪魔め。誰かを……守る……ために……戦うか。人は……それ……を……勇者と呼ぶ」

「勇者？　お前がそれを口にするのか？」

「俺は……勇者であろうと……するばかりに……使命に……囚われ……すぎた」

――そうか。こいつはこいつで常に正しくあろうとしていたんだな。行きすぎた言動もあったが、それは自分自身への戒めでもあったのかもしれない。……マジで重いヤツ。いや、不器用なだけか。

「お前はまた随分と重いもん背負《しょ》ってたんだな？　そんな誰かを不幸にする正義なんて俺には背負えないね。でもな……、無理だからこそ、俺はそいつらと共に歩く」

「ふ……は、はは！　ほん……と、ムカつ……く……悪魔だな。……なぁ？　死者の……妄言《もうげん》と……思って聞いてくれ」

「なんだ？」

そう言うとカノープスの身体が、足から徐々に崩れ落ちていった。

「カタ……リ……ナたちを……守って……やって……くれないか？　俺が……死んだら……逆臣扱《ぎゃくしん》い……される。お前に……受ける……メリットは……ないが……」

――なんだ。完璧な俺様主義な野郎かと思ったが、ちゃんと仲間を気遣いできる心はあるんじゃねーか。しかし、また面倒くさいことを言いやがって……。あぁーー、もう!!　つか、こんなの受けるしかねーじゃん!!

「……わかった。後は全て任せろ。悪いようにはしない」

「なっ!?　マスター!!　正気ですか!?」

リリーナが目を大きく見開いて驚いていた。

――これ後で説教されるパターンのヤツだな。すまんね、リリーナ。だけど……、仲間を想う気持ちってのは俺にもよくわかるんだ。

「お前の背負ってた正義ならいらんが、お前が本当に守りたかったもんなら、ここを守るついでに守ってやるよ。だから安心して、もう逝け」

するとカノープスはホッとしたのか、少しその表情は安らかになった。

「ふん……、器が……大きい……のか、バカ……なのか、……わか……らん奴……だ。カタ……リナ?」

「……はい、……ここにおります。……ずっとお傍におりますよ?」

そうカタリナが、声を震わせながら返事をした。

「カタ……リナ。お前には……苦労を……かけっぱなし……だったな」

「……はい。でも、もう慣れました。カノープス様の癇癪は小さな子供と同じですから」

「なんだ……それ……。くっくっく……勇者の俺が……子供扱いだった……とはな」

「ふふっ、そうですね」

「……なぁ、カタリナ?」

「はい？　なんですか、カノープス様？」

「俺の分まで……生きて……くれ。そして……俺の…代わりに……この世界を……見届けて……ほしい……」

「……はい!!　あなたが守ろうとした世界は……私がちゃんと見届けますから……、今はもうゆっくりと……お休みになってください……」

「あ……りが……とう。次は……天から……お前を見守る……星となろう……………さらばだ」

そうカノープスがカタリナに笑いかけると、身体が全て崩れ去り完全に塵と化した。そして一陣の風が吹き、カノープスの灰となった身体は、天へと目掛け風と共に舞っていく。まるで愛しき女性に別れを告げるかのように。

「カノープスさまぁぁーーー!!」

そして辺獄の地にどこからか聞こえてくる祈りの声が、いつまでもそこに残響していた。

⌘

《四階層》

「ぬぅ……まさか。ゴブリン如きにここまでいいようにされるとは。なぁ、ポール殿？」

「コーニール殿！　後先考えている場合ではない!!　一気に決めますぞ!!」

二人が闘気を剣に集中させ、必殺の一撃をゴブリダに放とうとした次の瞬間……。

勇者の掛けた【超突猛身《オーヴァー・アップ》】が突如として消え去った。

「――なっ⁉」

「――ふぐぅ⁉」

自身の力を引き出す勇者の加護《バフ》。解除時にかかるリバウンドの負荷も半端ではない。思わず敵を目の前にして片膝をついてしまうほどだ。そして、悪いことは重なるもので膝をつく二人のもとへと、伝令の騎士がやってきた。今にも倒れそうな身体を押して、必死の形相で叫ぶ。

「でっ……伝令!!　部隊後方より、ミノタウロス二体が出現っ!!　そっ……それにより……後方部隊……ぜっ……全滅です!!」

そう伝令の騎士が叫ぶと力尽きたのか、その場で足から崩れ落ちる。しかし、負の連鎖はこれで終わらなかった。次々と伝令役の騎士たちがポールとコーニールがいる部屋へとやってきたのだ。

「伝令!!　右翼部隊……全滅!!　要因は不明!!　敵が確認できません!!」

「同じく左翼部隊全滅!!　こちらも要因は不明……しかし、敵は一体です。戦闘になった瞬間に次々と倒れていきます」

ポールとコーニールはお互い吃驚《びっくり》し天を仰いだ。原因は部隊が全滅したことではない。勇者が死んだことにだ。あのレグナード王国の三勇者最強のカノープス。竜の加護を持ち聖竜に愛された男とまで称された人物。その男がここのダンジョンマスターに敗れ……そして死んだのだ。

勇者の加護というものは、解除されることはあっても消え去ることはなくステータスボードに履歴として残る。共に戦ったという証拠が。二人が片膝をついた時、開いたステータスボードには、その履歴すら残っていなかった。これが何を意味するのか？　それは勇者の死亡である。

状況としては最悪の一言。加護《バフ》が強制抹消されたうえに、その反動でまともに動かない身体。二人が死を覚悟した瞬間、目の前に立つゴブリンから思わぬ提案をされる。

「このまま、おとなしく投降するのであれば捕虜として扱おう。また、戦闘の意思があるのであればこの場で斬り捨てる。悪いが考えさせる時間はない。さぁ、返答は如何《いか》に？」

捕虜？　このゴブリンは本当にそう言ったのか？　信じられない気持ちが半分、部下を守りたい気持ちが半分。二人はゴブリダの提案にすがるしかなかった。

「……投降しよう。こちらにはもう戦闘の意思はない」

「ポール殿に同じく。こちらも投降しよう。だから部下の命は助けてやってほしい」

二人は武器を捨て、両手を上へと掲げた。その姿を見たゴブリダも魔剣を鞘《さや》へと納め返答する。

「了解した。では、こちらも戦闘は停止しよう。だが、しばらくは牢の中で過ごしてもらうぞ？」

そう言うと、ゴブリダはシャーリーを通じてゴブリンたちに指示を出す。加護が切れ、倒れ込む騎士たちを次々と拘束し五階層に新設された牢獄へと投獄した。これから行われるレグナード王国への交渉の武器とするために……。

こうしてダンジョンが誕生して以来、最大級のダンジョン防衛戦の幕は閉じた。

今回のダンジョン被害
・重傷　蛙人族《フロッグマン》　五十六名
・死亡　悪鬼族《ゴブリン》　二百八十五名
　　　　鬼人族《ホブ・ゴブリン》　三十七名
　　　　魔蝦蟇《ギガン・トード》　五体

俺は今回も無事に、ダンジョンを守りきったのだが、素直に喜べない自分がいる。死者が出たこともそうなのだが、一番はカノープスの勇者としての生き様を見せつけられてしまったからだ。

あいつにも俺も同じように守りたい奴らがいた。そして最期まで自分を正義と信じ、疑わなかった……。ほんと勇者の鑑のような奴だったな。

⌘

鬼牛蛙《オーガ・トード》　三体

俺たち魔族はいつから人族にとっての悪になったのだろうか？　俺にも守りたい奴らがいる。それを人族たちが奪おうとするのなら、俺はそいつらをためらいなく殺すだろう。それが悪というなら、人族の掲げている正義も悪ということとなる。

だから俺は思うんだ。どんなに自分と正反対の主張をする相手だとしても、それは相手側の正義であり『善』でもあるのだ。

俺はそれを悪いとは思わない。一番いけないことは『自分こそ正しい。相手が間違っている』と思い込むことなんだと思う。気に入らない相手の正義こそ一度ちゃんと考えてみないといけないのかもしれない。

お互いが歩み寄れる優しい世界。そんなことができるのであれば、俺のダンジョンも平和になるのかもな。まぁ、夢物語と笑われるかもしれないが。

その時、俺の頭の中にニュー〇イプの如く、ピキィーンという電撃が走った。

ちょっと待て。よく考えたら、これって俺がダンジョンニートになるチャンスなのではないだろうか？　いや、この方法以外で、俺がニートになるチャンスはないかもしれない。

俺のダンジョンが人族とわかり合えて平和になったとしたら、今みたいなダンジョン防衛戦や冒険者の相手をしなくてもよくなるよな？　そしたら俺の仕事もなくなるし、やることなくて引き篭もることもできる。……俺、天才かっ⁉


よし……、だったらやることは一つだ。まずは人族との友好関係を築かねば‼　捕虜もたくさんいるみたいだし。彼らの住むところを造らないとな。まぁ、牢獄にはなるが。

それにあいつの遺言もある。守護者たちと一度、じっくり話してみよう。彼らは俺のことを恨むかもしれない。憎むかもしれない。でもそれをひっくるめて相手を理解してやり、受け入れてやることが大事なんだと思う。……リリーナは怒るかもしれんが。


でも一言言いたい。リリーナが怖くてニートの夢を諦めてたまるかっ‼　俺はなんとしても守護者たちと仲良くなってやる‼　……秘密裏にだけど。

こうして俺は自分の野望を叶えるために、その一歩を踏み出した。


目指すはダンジョンニート。俺の唯一無二の夢なり。

あとがき

この度は『デビダン！　目指せダンジョンニート物語2』をお買い上げいただきまして、誠にありがとうございます。そしてお久しぶりでございます。作者のバージョンFです。

まさかデビダンの第二巻が出るとは……。ぶんか社さんの狂気を感じます。リリーナの幻術にでも掛けられているのでしょうか？　もしくはエリーの闘神オーラパワハラでしょうか？　どちらにせよ担当さんは涙目でしょうね。『デビダン！2』が売れなければ二人に処されるでしょうから。

まぁ、そう言っている私もですが……。

さて、二巻は非常に濃いメンバーが増えた作品となりました。ミッチーを筆頭に死天王やカノープス、勇者の守護者、ラスボス竜など、キャラ設定が崩壊しそうになるほど多く新キャラが登場しました。作者としましては無事ヨルシアを魔王へと進化させられたことに、ほっとしております。

面倒くさいと言いながらも、情に厚く、いざという時には頼れる男。そんな男に私はなりたい……ではなくて、そんな男にヨルシアはなれたのではないでしょうか？　しかし、そうなるにつれ、彼のニートの夢が遠ざかりますがね。

ヨルシアに大罪スキルを与えた前魔王のセリフに「面倒くさいから世界は楽しい」と書きましたが、これって世の中をレッツパーリーしている人が思うのかなぁと今更ながら思いました。世の中って面倒くさいがあふれていますよね？　学校行くのが面倒くさい、仕事が面倒くさい、ご飯作るのが面倒くさい、小説書くのが面倒くさい……って、おいおい。

そんな人類最大の敵と言っても過言ではない「面倒くさい」。作者のメンタルはガラスのハートよりも脆く、もはや豆腐と化しております。そんな作者ですから、一度面倒くさいと思ってしまうと、復活するのは難しく、浮上するのに困難を極めるのです。

ですが、それに真っ向から立ち向かえる人や、日々の生活をマンネリ化させず向上心の塊と化した人。こういう人って勇者なのではないだろうかと私はつくづく思います。当人にとっては、当たり前のことを当たり前にやるだけなのですが、やらない人間からすると、それはまさに神から与えられたチートスキルですかと疑いたくなるメンタルの強さです。

やはりこの「面倒くさい」というワードは魔王が持つスキルに相応しいと思い、ヨルシアの大罪スキルに認定させていただきました。思いのほか、チートスキルと化しましたが。

この先も、まだまだヨルシアの物語は続きますので、長い目で見守ってやってください。そして、ダメ男と化している作者に神の天罰を……。できればエリークラスのを。

最後になりますが、本当に二巻が出るとは思っておりませんでしたので、お声を掛けてくださったぶんか社の皆様、担当さん、前回に引き続き素敵なイラストを描いてくださったＧｅｎｙａｋｙ様、そして読者の皆様。心より御礼申し上げます。これからもこのデビダンをどうぞよろしくお願いいたします。

バージョンF

BKブックス

デビダン！

目指せダンジョンニート物語 2

2020年3月20日　初版第一刷発行

著　者　バージョンF《えふ》

イラストレーター　Genyaky《げんやき》

発行人　大島雄司

発行所　株式会社ぶんか社
〒102-8405　東京都千代田区一番町 29-6
TEL 03-3222-5125（編集部）
TEL 03-3222-5115（出版営業部）
www.bunkasha.co.jp

装　丁　AFTERGLOW

編　集　株式会社 パルプライド

印刷所　大日本印刷株式会社

ISBN978-4-8211-4549-2